세계 최초의 나무 의사 존 데이비

세계 최초의 나무 의사 존 데이비

초판 인쇄 2023년 1월 5일
초판 발행 2023년 1월 10일

글 장원량
그림 차이자오룬
옮긴이 오하나
펴낸이 조승식
펴낸곳 돌배나무
등록 제2019-000003호
주소 서울시 강북구 한천로 153길 17
전화 02-994-0071
팩스 02-994-0073
홈페이지 www.bookshill.com
이메일 bookshill@bookshill.com
ISBN 979-11-90855-35-8
정가 15,000원

*잘못된 책은 구입하신 서점에서 교환해 드립니다.
*이 도서는 돌배나무에서 출판된 책으로 북스힐에서 공급합니다.

세계 최초의 나무 의사 존 데이비

글 장원량 | 그림 차이자오룬
오하나 옮김

들어가는 글

한 그루 사과나무 같은 책

미국 캘리포니아주 북쪽에 '애플 힐(Apple Hill)'이라는 곳이 있다. 인구는 적지만 생산되는 사과가 많은 곳이다. 오래 전, 나와 아내는 수확 시기에 맞춰 그 지역에 차를 몰고 가서 사과를 사오려고 한 적이 있었다.

애플 힐에 도착하니 길가의 수많은 간판이 전부 사과 파는 곳을 가리키고 있었다. 대부분 10퍼센트 혹은 20퍼센트 할인이라고 써 있었는데, 간판들을 지나칠수록 할인 폭이 점점 커졌다. 그러다가

'사과 무료'라고 써 있는 간판을 보게 되었다. 수많은 간판들이 전부 사라진 후에도 그 간판은 남아 방향을 안내해 주었다. 길이 점점 좁아지고 아스팔트 도로가 자갈길로 변해가던 중, 길 끝에 마침내 한 농장이 보였다.

농장 앞 커다란 평상 위에 사과들이 잔뜩 쌓여 있었다. 그리고 노부부가 평상 옆에 앉아 우리를 향해 미소 짓고 있었다. "정말 공짜인가요?" 내가 차에서 내리며 물었다. "그럼요." 노부부가 밝게 대답했다. "몇 개나 가져갈 수 있어요?" 다시 내가 겸연쩍게 물었다. "가져갈 수 있을 만큼 가져가세요." 부부가 평상 위에 쌓여 있는 사과들을 가리키며 말했다. 나는 그중 한 알을 닦아 한 입 베어 물고는 감탄을 금치 못했다. "정말 신선하고 맛이 좋네요." 노부부는 내 말을 듣고 나서 커다란 병 하나를 건네며 말했다. "우리가 직접 담근 사과 청인데, 가져가세요." 사과 청을 맛보고 저절로 탄성이 터져 나왔다. "정말 훌륭해요!" 또 그들은 직접 짠 사과즙을 내왔다. 우리는 자리에 앉아 그들이 준 사과즙을 마시며 함께 이야기를 나눴다. 그들은 사과나무 심기부터 사과 재배 과정에 대해 여러 이야기들을 들려 주었다.

돌아가기 전, 내가 그들에게 물었다. "왜 사과를 공짜로 주시는 거예요?" 노부부의 남편이 말했다. "외로우니까요. 누군가 여기에 와서 우리와 대화를 나눠 줬으면 해서, 사과로 사람을 부르는 거예요."

30여 년이 지난 지금, 내가 이 책을 쓰는 이유도 어쩌면 그런 걸지도 모르겠다. 나무 돌보기에 대한 지식을 젊은이들과 함께 나누고 싶어서.

목차

01

농장의 아이

최근 100년 사이 의무교육 제도가 보급되면서

사람들은 학교를 유일한 교육 기관으로 생각하게 되었다.

학습 결과가 좋지 않으면 학교와 선생님을 탓하고,

때론 교과서가 별로라고 탓한다.

사실 19세기 이전 사람들의 공부 방식은 거의 '자습'이었다.

스스로 공부해서 사회에 공헌하거나 전문 분야에서 두각을 나타낸

사람들이 정규 교육을 받은 사람들보다 훨씬 더 많았다.

이는 학교 교육의 기능을 무시하는 것이 아니라

오히려 증명하는 것이다.

교육은 배움에 대한 개인의 태도와 관련이 있으며

교육의 성과는 자신의 몫이라는 사실을 말이다.

더욱 중요한 것은 교육의 목적이 바로 '평생 배움'이라는 것이다.

존 데이비(John Davey)는 1846년 6월 6일 농업과 목축으로 유명한 영국 서남부 서머셋(Somerset)의 스톨리(Stawley)라는 지역에서 태어났다.

그의 아버지는 농장 관리인으로 평생 교육을 받아 본 적 없는 사람이었다. 그러나 데이비가 4세 때 아내가 병에 걸리자 그를 돌보아야 했다. 아버지는 그를 농장에 데려가 그에게 작은 삽을 쥐어 주었다. 그리고 먼저 자신이 삽으로 땅을 파는 모습을 자세히 보여 주고 데이비가 따라 하게 했다. 그것이 그들의 놀이 방식이었다. 며칠 후, 그는 삽으로 땅을 파는 방법을 터득했다.

한 달 후, 아버지는 그에게 감자 심는 방법을 가르쳐 주었다. 얼마 지나지 않아 감자가 잘 자라는 모습을 보고 그는 매우 기뻤다. 아버지에게 칭찬을 받은 다음부터 그는 농사를 좋아하게 되었다. 집에서는 어머니에게 글을 읽고 쓰는 법을 배웠다. 데이비는 자신의 저서 『*The Tree Doctor*』(나무 의사)에 이렇게 썼다. "아버지는 감자

농사에서 농사 기술보다 중요한 것은 최선을 다하는 태도라고 말씀하셨다. 책임감을 가지고 일한다면 성과물은 자연히 따라오기 마련이다."

아버지의 가르침과 본보기 덕분에 데이비는 어릴 때부터 늘 열과 성을 다해 일했다. 1856년, 마침내 그는 농장의 일꾼이 되어 누구보다 일찍 나와 늦게 집으로 돌아갔다. 모르는 것이 있으면 사람들에게 물었다.

당시 스톨리에는 공립학교가 없어 부유한 가정의 아이들만 가정교사를 두고 공부할 수 있었다. 일꾼의 자식들이 공부를 하려면 자습 외에는 방법이 없었다. 당시는 영국의 90퍼센트 이상의 사람들에게 교육의 기회가 없는 시대였다. 1870년대가 되어서야 '국민의무교육법'이 통과되어 초등학교가 널리 생기기 시작했다. 이에 대해 데이비는 이렇게 썼다. "나는 아버지가 매일 내게 지시하는 일을 끝내는 데 최선을 다했다. 감자가 무럭무럭 자라는 모습이 내게 무엇보다 강렬한 학습의 동기였다. 감자는 왜 이렇게 해야만 하고 저렇게 하면 안 되는지 알고 싶었다." 그의 아버지는 경험을 바탕으로 데이비를 가르쳤다.

데이비가 농사에 점점 익숙해지자 아버지는 그에게 보리, 밀, 귀리를 심는 방법을 가르쳐 주었다. 1857년, 어머니가 세상을 떠나고 데이비가 슬픔에 잠겼던 시절, 그는 밭에 나가 땅을 일구고 잡초를 뽑으며 홀로 감정을 삭였다. 그 후 계속해서 밭에 물을 대고 거름을 뿌리고 벌레를 잡는 기술을 익혀 나갔다. 그가 말했다. "농작물을 보살피는 것은 매우 힘든 일이지만 나는 오히려 희열을 느낀다. 이곳에 심는 농작물들은 돈을 벌게 하고 생계에 보탬이 될 뿐만 아니라 많은 사람들에게 식량을 제공하기 때문이다."

농장 사람들은 그에게 너무 열심히 일할 필요 없다고 말하기도 했다. 농장 일은 영원히 끝나지 않는 일이고, 매월 받는 월급은 비슷한 데다, 대부분의 이득은 농장 주인에게 돌아가기 때문이다. 그러나 데이비의 생각은 달랐다. 그는 '시시각각 농작물의 성장을 관찰하며, 계절의 변화에 따라 달라지는 모습을 지켜보는 경험들은 온전히 내 것이 된다. 어느 정도의 경험이 쌓이고 일이 익숙해지면 또 다른 것을 공부할 것이다. 일에 재미를 붙이고, 즐거운 마음으로 일해야만 가장 효과적으로 일할 수 있다'고 여겼다.

점심 시간이면 농장의 일꾼들은 모두 한데 모여 도시락을 먹었다. 데이비는 늘 이들 사이에 앉아 식사를 하고 차를 따라 주며 그들의 경험에 귀 기울이고 일에 대한 이야기를 나누었다. 나이 많은 일꾼들은 최선을 다해 일하고 누군가의 이야기를 들을 준비가 되어 있는 데이비에게 점점 더 많은 이야기를 들려주었다.

데이비는 이런 어른들의 귀중한 경험담을 바로 실전에 활용했다. 농장이 넓은 만큼 그가 공부한 것을 실천할 수 있는 공간도 넓었다. 야외에서 하는 일은 체력이 필요하므로 그는 일찍 자고 일찍 일어나며 몸을 단련했다. 데이비는 책에서 다음과 같이 말했다.
"많은 사람들이 공부란 어떠한 기술을 배우는 일이라고 생각한다. 심지어 유행을 좇는다며 전통 기술을 얕잡아보기도 한다. 기술을 배우는 것은 곧 개인의 성장과 관련된 일이며, 숙련된 기술이란 개인의 경험에서 우러나오는 것이다. 타인으로부터 끊임없이 배울 뿐만 아니라 스스로 개선시킬 줄도 알아야 한다. 기술을 배우는 것은 개인의 경험을 얻는 것이자 사회의 경험을 얻는 것이다."

1858년, 데이비는 감자뿐만 아니라 각종 농작물을 혼자서 키울 수 있게 되었다. 1860년에는 농장의 다양한 농기구와 설비를 다룰 줄 알았고, 1862년 16세 때 작업반장이 되어 농작물을 책임지게 되었다. 뿐만 아니라 소의 젖을 짜는 일과 퇴비를 주는 일도 맡았는데, 어찌된 일인지 아무리 열심히 농사를 지어도 그는 아버지만큼 좋은 결과물을 얻을 수는 없었다.

어느 날 그가 아버지에게 그 이유를 물었고 아버지는 이렇게 답했다. "좋은 수확물을 얻기 위해서는 농작물 재배에만 신경 쓸 것이 아니라 주변 환경도 함께 살펴야 해. 농장 주변의 나무들이 꿀벌의 가루받이를 돕기도 하고, 바닷바람을 막아주기도 하는 거란다."

아버지는 또 이렇게 말했다. "농장을 잘 돌보기 위해서는 먼저 주변의 나무들을 잘 돌봐야 해." 데이비는 아버지의 가르침대로 나무를 돌보기 시작했다. 그때만 해도 아버지의 조언이 그를 나무를 보살피는 일로 이끌 거라고는 알지 못했다.

정말 누구도 생각하지 못했을 것이다. 묵묵히 농장 주변의 나무들을 관찰하고 다니던 어린아이가 25년 후 나무를 바라보는 세상의 시각을 혁명적으로 바꾸어 놓을 줄은.

02

고향을 떠나 더 큰 배움의 세계로

그는 야외에서 일을 하면서 나무가 점점 좋아졌다.
나무는 농장의 경계를 마련하고,
사람들이 쉴 수 있는 그늘을 제공하며,
땔감으로 사용되는 것이 전부가 아니다.
나무에는 지표성이 있다.
잘 자란 나무는 환경이 변하더라도
자신의 자리를 굳건히 지킨다.

1866년, 스무 살의 데이비는 농장의 책임자가 되어 아버지의 업무를 물려받을 수 있을 정도가 되었다. 하지만 그는 고향을 떠나 잉글랜드 남부의 토키(Torquay)에 가기로 결심한다. 아버지는 그런 그를 지지해 주었다. 농장의 기술은 다 배웠으니 바깥 세상에 나가 시야를 넓히라고 말이다. 토키는 북해의 해변에 근접해 있어 아름다운 환경과 온화한 기후, 충분한 햇빛 덕분에 유럽의 부유한 노년층들이 휴양지로 즐겨 찾는 곳이었다.

토키의 노인 휴양 단지는 나무로 유명했다. 나무와 꽃 사이에서 노인들은 더위를 피해 차를 마시고 담소를 나눴다. 데이비는 이렇게 말했다. "신이 처음 에덴동산을 만들고 그 가운데 사람을 놓아 돌보게 한 것을 보면, 나무를 돌보는 건 참으로 아름다운 일이다. 나무가 있는 곳에서는 사람들이 절로 유쾌해지고 건강해진다."

공부도 기꺼이 즐길 줄 알았던 데이비는 일하는 와중에도 공부의 의의를 찾고 보람을 느꼈다. 그는 빠른 시간에 수목 단지의 기술공으로 승진했고 많은 나무와 꽃들을 돌보게 되었다. 그가 말했다. "나무를 돌보는 일은, 언제 어떻게 하는지뿐만 아니라 왜 이렇게 하는지까지 알면 더욱 즐겁다."

일을 하며 많은 것을 배워 나간 그는 점점 자신만의 독특한 기술을 가지게 되었다. 그는 직접 나무를 타고 올라가 성장 상태를 살폈다. 그는 이렇게 말했다. "나무를 돌보는 사람은 반드시 제일 먼저 나무의 문제점을 알아채야 한다. 나무에 직접 오르는 것은 나무의 어디에 문제가 생겼는지 두 눈으로 직접 관찰하기 위함이다. 건강한 나뭇가지는 몸무게를 버틸 수 있다. 하지만 밟자마자 부러지는 가지는 분명 썩어 있는 것이다."

"여가 시간에는 종종 야외로 나가 대자연의 바람이 어떤 식으로 나무를 '다듬는지' 관찰한다. 어떤 나무는 다듬어진 후 더욱 건강해지고 풍성해지며 열매도 많이 열리는가 하면, 어떤 나무는 바람이 지나간 후 줄기가 휘고 가지들이 약해져 죽기도 한다. 자연이 나무에게 끼치는 여러 영향들을 통해 어떻게 하면 과도하지 않고 알맞게 나무를 다듬을 수 있는지 정확히 판단하는 법을 배운다."

데이비는 자연에서 배운 방법대로 나무를 다듬기 시작했다. 그러자 나무들은 더욱 건강하고 아름다워지며 꽃과 열매도 더욱 많이 맺었다. 과도한 다듬기는 나무에게 돌이킬 수 없는 상처를 주기도 하지만 나무를 아예 다듬지 않으면 거센 바람에 나무가 쓰러지기도 한다. 데이비는 자주 여행을 다녔는데, 이에 대해 "나는 자연에서 배운 방법대로 나무를 돌본다. 여행과 자연 관찰은 나무 관리 방법에 대한 나만의 공부 방식이다."라고 말했다.

데이비의 대자연 여행은 위대한 동기가 있다기보다 그저 나무를 사랑하고 자연으로부터 배우고자 하는 데 그 목적이 있었다. 한번은 여행 도중 어느 숲 근처에 있는 작은 마을에 머물렀는데, 숙소 주인이 그에게 이렇게 말했다. "어젯밤에 숲속에서 큰 나무 한 그루가 쓰러졌는데, 소리가 어찌나 크던지 기차가 지나간 줄 알았다니까요." 이 말에 신이 난 데이비는 곧장 가서 보고 싶었다. 그러나 숙소 주인이 그를 말리며 말했다. "젊은이, 서두르지 말아요. 쓰러진 나무 주변의 나무들도 곧 쓰러질지 몰라요. 가서 보려거든 꼭 조심해요!"

데이비는 고개를 끄덕이고는 주인이 가르쳐 준 방향으로 향했고, 주인은 안심이 되지 않았던지 그의 뒤를 따랐다. 한참을 걷자 드디어 쓰러진 나무가 보였다. 그는 이렇게 말했다. "나무가 쓰러진 데는 분명 이유가 있다. 가까이 가서 보니 나무 줄기와 뿌리가 근접해 있는 부분을 벌레들이 먹어 악어 이빨처럼 구멍이 줄지어 나 있었다. 바로 이것이 나무가 쓰러진 원인이었다."

이 일이 있고 나서 데이비는 종종 혼자 숲속 야영을 즐겼다. 나무를 가까이서 보는 일이야말로 나무를 돌보는 법을 배우는 첫걸음이라고 생각했다. "어느 날 밤, 나무 사이로 가지 부러지는 소리가 들려 숨을 멈추고 귀를 기울였다. 날이 밝고 나가 보았더니 가지와 줄기가 맞닿은 곳에 오래전부터 부패가 진행되고 있었다. 나무가 더 이상 버티지 못하고 부러져 버릴 때까지 이 문제가 방치되어 있던 것이다. 부러진 가지 주변에 남은 흔적으로 보아 오래전부터 증상이 있었을 터였다. 이 나무를 통해 나무의 병증도 조기에 발견할 수 있으며, 이를 치료하지 않고 부패할 때까지 방치하면, 결국 나무의 줄기가 부러지고 심지어 나무가 죽을 수도 있다는 사실을 배웠다."

데이비는 '이상적인 나무란 대자연에서 자라는 원래 모습 그대로에 가까워야 한다'고 생각했다. 그래야만 나무가 강건함과 고유의 아름다움을 겸비할 수 있다고 말이다.

언젠가 그는 길을 지나다가 어느 집 정원에 있는 노간주나무를 보았다. 잎은 시들어 누리끼리하고 줄기는 썩어 있으며 심지어 가지 끝은 제대로 붙어 있지도 않았다. 그는 이렇게 썼다. "노간주나무의 자연스러운 모습은 금자탑 형태로 아랫부분은 넓고 위로 갈수록 좁아진다." 그래서 결국 집주인을 찾아갔는데 집주인은 "그렇지 않아도 이 보기 싫은 노간주나무를 잘라버리려 했어요."라고 말했다. 이에 데이비가 대답했다. "나무가 아직 죽지도 않았는데요? 치료하면 다시 살아날 수 있을 것입니다."

집주인은 데이비에게 나무를 맡겼다. 데이비는 나무의 감염된 부분을 도려내고 잘라낸 나뭇가지와 잎도 제거하여 더 이상 감염이 퍼지지 않도록 막았다. 또한 노간주나무의 밑동에는 구리선을 감아 고정시켰는데, 나무가 버틸 수 있는 힘을 주는 동시에 가지가 자라는 방향을 잡아 나무의 형태를 만들어 주기 위함이었다. 데이비는 나무에 거름을 주고 자주 찾아와 보살폈다. 그가 말했다. "나무 한 그루를 돌보는 것은 가지치기만 한다고 되는 일이 아니다. 그 나무가 건강하게 성장하도록 오래도록 관심을 주는 일이다."

그러던 어느 날, 집주인은 집에 찾아온 데이비를 매우 반기며 안으로 들여 차를 권했다. "우리 집에 오는 손님들이 하나같이 노간주나무가 정말 멋있다고 머무는 내내 감탄합니다. 관리 비용으로 얼마를 드리면 될까요?" 데이비가 대답했다. "나무를 구할 기회를 주셨으니, 저는 그것으로 만족합니다."

03

전문가의 가르침

나무에는 생명이 있다.

나무가 아플 때 전심전력으로 치료해 주는 것,

이것이 '수목병충해학'이다.

나무가 쇠약해졌을 때 알맞은 양분을 보충해 주는 것,

이것이 '수목영양학'이다.

나무가 잘 자라지 못할 때 토양을 개선시키는 것,

이것이 '토양개량학'이다.

나무에 꽃을 피우고 열매를 맺기 위해 다듬어 주는 것,

이것이 '수목재배학'이다.

나무에 필요한 만큼의 물을 공급해 주는 것,

이것이 '수목관개학'이다.

나무에는 존재 그 이상의 가치가 있기에,

우리는 이를 소중히 여겨야 한다.

그러니 나무가 쓰러질 때마다 어찌 아무렇지 않을 수 있겠는가?

1867년, 데이비는 토키의 노인 휴양 단지를 떠나 곳곳을 누비며 사람들에게 나무 관리 기술을 배운다. 그는 '에든버러 왕립 식물원', '런던 왕립 식물원' 등지에서 수업을 들으며 수목학을 공부했다. 학습에 대한 열의로 가득했던 그는 작업하는 동안 끊임없이 새로운 의문을 가졌다. 하지만 당시에는 수목학에 대한 지식도 부족할 뿐더러 실제 경험이 있는 사람은 더더욱 흔치 않았다. 그래서 그는 늘 여기서 조금, 저기서 조금 배운 내용을 스스로 응용하는 수밖에 없었다. 그의 나무 관리 기록은 대부분 그가 실제 작업 현장에서 남긴 것이어서 다듬어지지 않은 언어와 그의 유머러스한 성격이 고스란히 담겨 있다. 데이비가 말했다. "나무를 사랑하는 사람들은 나무에 저마다의 사연을 담아 돌본다."

이를 테면 이런 것이다. 그는 한때 '과일나무의 대왕' 프렌치(J. French)에게 가르침을 청한 적이 있다. 프렌치가 그에게 말했다. "모든 나무는 말을 합니다. 10월 즈음 잎이 떨어지는 건 '피곤하다'는 뜻으로 우리는 나무를 방해해선 안 됩니다. 겨울이 되면 나무는 '졸리다'고 하므로 나무가 자는 동안 편히 숨 쉴 수 있게 땅을 푹신하게 만들어 줍니다. 초봄이 되면 나무는 '깨어났다' 하고 싹 틔울 준비를 합니다. 이땐 나무가 가장 배고플 시기이므로 나뭇재나 퇴비를 나무 주변에 뿌려 영양을 공급해 줍니다. 일단 나무가 싹을 틔우거나 꽃을 피우면 작년에 비축해 둔 모든 영양분을 다 써 버리므로 그때 다시 한번 거름을 줍니다."

"싹을 틔울 시기에는 토양에 각별히 신경 써야 합니다. 토양이 너무 무르거나 단단하면 나무는 영양분을 제대로 얻을 수 없어서 쇠약해질 것입니다. 과일나무를 심을 땐 반드시 토양을 부드럽게 만들어 통풍이 잘되게 해야 나무의 '식욕'이 좋아집니다. 또한 이 시기에 나무는 배가 고프므로 거름을 더 자주 그리고 더 많이 줘야 합니다. 그렇지 않으면 나뭇잎이 제대로 자라지 못하고 잎 끝이 돌돌 말릴 것입니다."

"과일나무를 돌보는 사람은 잎만 보고도 나무가 어느 정도 배고

픈지 알 수 있습니다. 만약 제대로 돌보지 못하면 그 나무는 잎이 일찍 떨어지고 열매를 맺지 못해, 심지어는 죽게 될 수도 있습니다. 쓰러진 나무 곁에서는 나무의 탄식이 들립니다. '사람이여, 제대로 돌보지도 못할 거라면 애초에 심지 않으면 좋았을 것을.'"

재배영양학 방면의 지식을 이렇게 친근하고 쉽게 전달하는 사람은 극히 드물다. 이러한 전달 방식은 데이비가 이후 교육생들을 가르칠 때 매우 유용했다. 데이비는 교육생들에게 누구나 뛰어난 기술을 가진 전문가가 될 수 있다는 것을 증명해 보였다. 프렌치가 왜 '과일나무의 대왕'이었을까? 이 호칭은 데이비가 붙인 것이었다.

데이비는 여행 중에도 종종 숲속에서 지냈다. 때론 나무 타기 기술을 연마하고, 때론 나무가 쓰러지는 소리를 경청하며 줄곧 사방의 위험에 주의를 기울였다. 그가 말했다. "나무 타는 사람의 몸은 무거워지면 안 된다. 평소에도 운동하는 습관을 유지해야 손발에 힘이 생긴다. 언젠가 가까이에 있던 나무가 아무런 예고도 없이 쓰러진 적이 있다. 궁금해서 살펴보았더니 토양이 무르고 배수가 좋지 않아 넘어진 것이었다."

그는 숲속에 있으면서 간혹 마주치는 등산객들에게 친절하게 말을 걸었다. 그가 나무를 얼마나 좋아하는지 이야기를 풀어 놓으면 사람들도 자신의 경험을 나누었다. 이러한 경험은 그가 훗날 사업을 하는 데 매우 큰 도움이 되었다. 그는 다음과 같이 말했다. "사회적 소통 없이 기술과 경험만 쌓아서는 시장의 요구와 수요를 알 수 없다. 그런 기술은 아무 쓸모가 없게 된다."

데이비는 곳곳을 돌아다니며 잘못된 사례도 많이 보았다. 특히 정원 설계에 고질적인 문제가 있었는데, 그것은 바로 나무, 잔디, 넝쿨, 꽃을 유행에 따라 심는 식이었다. 그러다가 유행이 지나면 잔디는 죽고, 덩굴은 철거되고, 꽃은 시들고, 나무만 홀로 외로이 자리를 지키게 되었다. 이 불쌍한 식물은 그렇게 목숨만 겨우 부지하다가 또 다른 유행이 시작될 때쯤 다른 식물로 대체되는 것이다.

그가 이런 말을 한 적 있다. "나무 돌보기와 정원 가꾸기는 반드시 올바른 설계에 기초해야 한다. 유행을 따라서는 안 된다. 유행은 잠시뿐이다. 하지만 이 때문에 많은 돈이 낭비될 뿐더러 무수한 생명이 희생된다. 유행은 사람들을 일시적인 취향과 욕망 속에 가

두고, 식물이 본래 가지고 있는 아름다움을 간과하게 만든다. 유행을 좇는 사람들의 충동심리는 토양을 어지럽히고, 수로를 마구잡이로 파며, 화초와 나무를 아무렇게 심어 결국 자연의 조화를 망쳐놓는다.

이로 인해 자연이 주는 편안한 아름다움, 나무와 빛이 맞물려 만들어 내는 신비함, 원근법이 주는 풍부한 공간감이 사라진다. 아름다움이란 불쑥 나타나거나 인공적으로 만들어지는 것이 아니다. 아름다움은 자연을 존중하고 조용히 관찰하는 가운데 이치에 맞게 만들어지는 것이다."

데이비는 평생 나무 돌보는 일을 '아름다운 직업'이라 여겼다. "진정한 경관의 미는 시각적인 아름다움뿐만 아니라 오감을 통해 느끼는 것이다. 유행을 좇아가지 않는 사람만이 가치 있는 유행을 만들어 낼 수 있다." 그가 나무를 돌보는 것은 나무의 처지를 동정하는 것이 아니라 나무의 진정한 가치를 인정하는 것이었다. "나무 심기는 대지의 아름다움을 증진시키는 일이다. 나무 돌보기는 대지의 아름다움을 위해 일하겠다는 일종의 약속이다."

04

아름다운 선물 같은 직업

인간의 귀함이
직업을 귀하게 한다.
직업의 명망이나 부와 권력이
인간을 귀하게 하는 것이 아니다.

1868년, 데이비는 런던 외곽에 개인 작업실을 열고 작업 의뢰를 받기 시작했다. 사람들을 대신해 나무를 심고 경관을 가꾸는 일이었는데, 처음부터 순조롭지는 않았다. 가난한 농가에서 자란 데이비는 먼저 빈민가를 찾아 '환경 미화'에 대한 강연을 열었다. 환경을 가꾸는 것이 가난한 이들을 도울 수 있다는 생각이었다. 그가 말했다. "많은 사람들이 가난한 이들은 정원의 아름다움을 알아볼 수준도 되지 않거나 환경을 가꿀 돈이 없다고만 생각한다. 그들은 어차피 좋은 집에 살지 못하기에 주거 환경을 개선시킨다 해도 별반 달라지지 않을 것이며, 설령 좋아져도 유지할 마음이 없을 거라고 말이다. 이런 잘못된 생각이 빈민촌을 점점 망친다. 내 직업은 단순히 나무를 심는 것으로 그치는 게 아니라 가난한 사람들이 환경을 개선시킬 수 있도록 돕는 것까지다. 게다가 이것은 그렇게 돈이 많이 드는 일도 아니다."

그는 다음과 같은 사실을 지적했다. "넝쿨식물은 매우 저렴하고, 심은 후 5~6주 후면 경관의 변화를 볼 수 있다. 넝쿨식물이 오래된 집에 잘 어울리는 것은 낡은 집만의 아름다움을 돋보이게 하기 때문이다. 넝쿨식물 잎의 색깔이 변하는 동안에는 건물의 분위기가 한층 더 깊어진다. 그밖에 꽃을 씨앗부터 심어 기르거나 나무를 어린 묘목부터 키우는 것은 모두 적은 비용으로도 할 수 있는 일이다. 담뱃값을 아끼면 집을 아름답게 꾸밀 수 있는 것이다. 담배는 건강을 태워 없애 버리지만 꽃과 나무는 삶에 생기를 불어넣는다. 어느 것을 택하겠는가?"

하지만 사람들은 데이비의 이런 열정을 잘 받아들이지 못했고 강연은 얼마 지나지 않아 곧 없어졌다. 그는 나무를 심는 것보다 나무를 중요하게 여기도록 교육하는 것, 환경을 개선시키는 것보다 환경을 중요하게 여기도록 교육하는 것이 먼저라는 사실을 깨달았다.

또한 나무의 문제는 곧 사람의 문제라는 사실도 알게 되었다. 과거 수백 년간 나무를 돌보는 직업이 없었던 것은 사람들이 나무를 그다지 중요하게 생각하지 않기 때문이라고 생각했다. 나무란 그저 잘 자라면 자라게 두고, 자라지 못하면 가지를 쳐 주고, 그것도 안 되면 베어 버린 후 새 나무를 심으면 그만이라는 인식이 있었다.

데이비는 사람들에게 나무는 튼튼하고 아름답게 자라도록 키워야 한다고 말했다. 자연 속에서 자라고 있어야 할 원래 모습 그대로 말이다. 부유한 몇몇 사람이 정원 관리를 맡기며 나무를 돌돌 말린 괴상한 조각품처럼 만들 것을 지시하거나 성장 환경에 맞지 않는 나무를 심으라고 요구할 때마다 데이비는 그들과 맞섰다. "그런 요구는 나무에게 고통만 더해 줄 뿐입니다. 나무는 원래 그런 모양으로 자라지 않는데 그렇게 만들라니요."

또한 데이비는 기분 내킬 때마다 나무를 다듬거나 베어 버리는 사람들을 '나무 도살자'라고 불렀다. 한 원예사가 데이비에게 충고했다. "당신의 생각대로만 일해서는 안 됩니다. 고용주의 요구 사항을 들어야지요. 사회에서 일할 땐 사회의 흐름을 따라야 해요." 그러나 데이비는 생각이 달랐다. "사회의 흐름이 언젠가는 내 생각대로 바뀔 것입니다. 나무를 심고 싶으면 나무에게 필요한 것을 충족시켜 주고 올바르게 나무를 키워야지요. 사람의 요구 조건에 나무를 맞춰서야 되겠습니까?"

데이비는 가장 가난한 사람을 이렇게 생각했다. "환경을 개선하는 데 적은 돈도 쓰기 아까워하는 사람."

05

해외 이민

1869년, 데이비가 고향으로 돌아왔다.
타지에서 보낸 3년 동안
겉으로 보기엔 뭐 하나 이룬 게 있어 보이지도,
많은 돈을 번 것 같지도 않았지만
그는 낙담하지도 불평하지도 않았다.
오히려 더 강렬한 동기를 가지고
자신이 완성해야 할 사명을 알게 되었다.
그러나 세상엔 오로지 나무를 이용하는 '돈벌이'만 있을 뿐,
나무를 돌보는 '직업'은 없었다.

1870년은 영국 농업시장의 대 불황기였다. 정부가 해외 식민지

의 농산품을 대량으로 수입해 시장 가격을 낮추면서 영국의 농업계는 큰 타격을 입었다. 스코틀랜드의 농업 지대에서는 목축장이 문을 닫고, 뒤이어 농장 역시 문을 닫으며 농경지가 황무지화되었다. 이로 인해 농촌의 젊은이들은 술을 마시거나 마약을 하고, 그것도 아니면 온종일 할 일 없이 거리를 방황했다.

데이비는 아버지가 관리하는 농장에 돌아와 열심히 일하고, 여가 시간에는 도서관에서 책을 빌려 보며 스스로 우울한 기분에 빠지거나 좋지 않은 생활 습관을 들이지 않으려 노력했다. "나무는 뿌리가 튼튼해야 가지와 잎이 무럭무럭 자란다. 나는 앞으로 뜻깊은 일을 해야 하므로 반드시 바른 생활을 유지해야 한다."

대도시에 만연한 수많은 악습이 순박한 시골 동네까지 흘러 들어왔다. 데이비의 눈에도 고향의 젊은이들이 도시의 유행을 따라 요란한 겉치레나 허풍 섞인 말투 등을 따라 하는 것이 보였다. 그는 동료들을 격려하며 다음과 같이 말했다. "시골의 위기는 도시를 따라 한 결과이다. 우리는 도시의 삶을 따르는 게 아니라 우리 고유의 방식으로 최선을 다해야 한다."

데이비는 어릴 때부터 퀘이커(조지 폭스가 영국에서 창시한 교파로 국교에 의한 탄압을 피해 미국으로 이주하는 교도들도 있었다-역자 주) 교회에 다녔다. 1870년 12월에 교회의 랜피어(John Lanphear) 목사가 미국으로 이민 후 새롭게 마을을 개척할 사람들을 모으기 시작했다. 하지만 대를 이어 그곳에 살아온 사람들은 선뜻 고향을 떠나고 싶어 하지 않았다. 1871년 농촌 경제가 지속적으로 악화되자 데이비의 아버지는 그에게 고향을 떠나 미국을 개척하러 가는 것이 어떻겠냐고 권유했다. 하지만 노쇠한 아버지는 농장에 남기로 했다.

랜피어 목사가 선택한 곳은 미국 오하이오주였다. 그곳은 토양이 비옥해서 농사짓기 좋았는데, 그중 워런 지역은 소박하게 살기 좋은 곳이었다.

1872년에 목사는 이민을 희망한 사람들을 이끌고 런던으로 간 다음 그곳에서 다시 배를 타고 뉴욕으로 향했다. 뉴욕에는 이미 사방에서 몰려온 새 이민자들이 가득했다. 목사는 사람들과 함께 뉴욕 교외에 자리잡았다. 젊은 사람들은 도시에서 돈을 벌며 오하이오주의 황무지를 개척할 비용을 준비했다. 데이비는 뉴욕의 원예

점에서 일했다. “나는 공부를 멈추지 않았다. 그것이 곧 내 책임이기 때문이다. 그리고 끊임없이 발생하는 문제들을 해결하기 위해서는 그래야만 했다.”

06

뉴욕의 나무 애호가

창업, 창업, 창업….
상공업이 급속한 발전을 이루던 시기,
많은 사람들이 창업을 꿈꿨다.
하지만 최후에 성공한 사람들은
모두 그 과정 속에서
힘을 아낄 수 있는 지렛대를 하나씩 찾아내었다.
어떻게 찾을 수 있었을까?
그들은 열린 마음으로 모든 기회를 소중히 여겼다.

데이비가 한창 뉴욕의 이곳저곳을 누빌 때였다. 하루는 매머로넥(Mamaroneck) 지역의 어느 길가에서 매우 건강한 칠엽수를 보았다.

칠엽수는 북미 지역 숲에서 가장 흔히 볼 수 있는 나무 중 하나로, 일반 가정의 정원에서 그렇게 잘 키운 칠엽수를 보는 건 무척이나 드문 일이었다. 데이비는 이 집의 주인을 만나 보기로 했다.

데이비는 저서에 다음과 같이 썼다. "디커맨(W. Dickerman) 부부는 정원의 나무를 훌륭하게 돌보는 것으로 이웃의 모범이 되었다. 그들을 통해 나는 나무 전문가만이 나무를 잘 키우는 것은 아니라는 사실을 깨달았다. 디커맨 부부는 그저 나무를 사랑해서 성심성의껏 돌보는 것이었다."

디커맨 씨가 말했다. "나무의 성장을 위해서는 가지를 지면에 닿도록 늘어뜨리는 것이 가장 좋습니다." 데이비가 물었다. "이유가 뭐죠?" 디커맨 씨가 대답했다. "그것이 지면의 잡초 및 나무의 기타 경쟁자들을 억제해 주고, 나무를 병들게 하는 무수한 병균을 줄여 주거든요. 늘어진 나뭇가지가 지면에 닿으면 나무의 줄기 주변으로 다소 폐쇄된 환경이 조성됩니다. 이 사이 공간에, 건조한 날에는 이슬이 응결되고 바람 부는 날에는 가지 안팎의 온도차 때문에 미풍이 불어 들어와 뿌리에 최적인 보호 환경을 조성해 줍니다."

이어 데이비는 이렇게 설명했다. "이를 통해 나는 나무를 튼튼하게 키우기 위해 무엇보다 튼튼한 뿌리가 중요하다는 사실을 알게 되었다. 뿌리를 튼튼하게 만들기 위해서는 토양을 개선하고 나무의 늘어진 가지를 지면에 닿을 만큼 늘어뜨려야 한다는 사실도."

뉴욕에서 데이비는 종종 디커맨을 만나러 갔다. 디커맨은 뉴욕 금융업계에서 근무하여 지위 높은 사람들과도 제법 알고 지냈다. 나무에 대한 관심과 사랑은 데이비와의 공통 화제였다. 어느 날 데이비가 디커맨에게 물었다. "나무에 대한 지식은 어떻게 얻으신 건가요? 칠엽수 판매업자가 가르쳐 주던가요?" 디커맨은 고개를 저었다. "나무를 파는 사람이 반드시 나무를 사랑한다는 법은 없죠. 그들은 오로지 거래가 성사되는지만 신경 쓸 뿐, 나무나 정원에는 신경 쓰지 않습니다. 주변 환경에 대해서는 더더욱이요."

데이비는 또 물었다. "그럼 조경업자가 가르쳐 준 건가요?" 디커맨은 또다시 고개를 저으며 말했다. "그들은 나무에 문제가 보이면 곧장 잘라 버릴 생각부터 하지, 어떻게 나무를 잘 심을 수 있는지는 알지 못해요. 그래서 종종 나무를 과도하게 다듬는 탓에 나무가 쇠약해지고 쉽게 병을 얻어 죽기도 하죠."

데이비는 잠시 고민하다가 말했다. "디커맨 씨도 종종 숲속에 가서 나무를 보시나요?" 이 질문으로 둘은 절친이 되었다. 데이비는 디커맨의 나무를 돌보는 독보적인 능력이 무척이나 마음에 들었다. 디커맨이 말했다. "그럼요. 나무가 자라는 곳에는 나무가 주는 그 장소만의 독특한 분위기가 있어요. 정원에 자라는 나무 한 그루는 그 정원의 특징이 되고, 길가에 일렬로 심어진 나무들은 그 길의 특징이 되는 것처럼요."

이 말에 데이비는 기꺼이 동의하면서도 안타까운 탄식을 터트렸다. "'나무를 보호한다'는 아름다운 생각이 그저 이상일 뿐, 이 사회에서 인정받는 전문 업종이 되지 못한다는 사실이 너무도 안타깝군요." 그러나 디커맨의 대답은 매우 낙관적이었다. "누군가 이런 말을 했죠. '흥정의 마지막은 반드시 상대가 원하는 것이 아니라 내가 원하는 것이어야 한다.'"

07

퀘이커 리지에서 만난 고수

나무의 아름다움은 첫눈에 느껴지는 감동이 아니라
보면 볼수록 점점 더 빠져드는 아름다움이다.
나무는 건강한 상태가
가장 아름다운 모습이며,
그것은 곧 우리 사람의 책임이기도 하다.
나무 돌보기에서 가장 중요한 단계는
나무를 심기 전 땅을 잘 정돈하여
나무가 좋은 토양에서 자랄 수 있도록 만드는 것이다.

당시 뉴욕에서 가장 아름다운 골프장은 '퀘이커 리지(Quaker Ridge)'라는 곳이었다. 어느 날 데이비는 근처 골목을 산책하다가 선생 하나가 학생 몇 명을 데리고 일하는 모습을 보게 되었다. 데이비는 길 한쪽에 서서 시간 가는 줄도 모르고 그 모습을 구경했다.

그는 그날을 다음과 같이 기록했다. "그 선생은 허허벌판 같은 곳 정중앙에 기둥을 하나 박더니 그 위에 밧줄을 감았다. 그러고는 한 손엔 말뚝을, 다른 한 손엔 밧줄을 들고 북쪽으로 걸어가며 손에 든 말뚝이 다 떨어질 때까지 몇 걸음마다 하나씩 땅에 박는 것이었다. 그 후 학생들이 서로 다른 방향으로 걸으며 이 모습을 따라 했다. 말뚝의 간격도 선생과 동일했다. 학생들의 작업이 끝나자 땅 위에 몇 개의 동심원이 그려졌다."

그 후 선생은 학생들에게 삽으로 땅을 정리하는 방법을 가르쳐 주었다. 중간을 높게 쌓고, 밖으로 갈수록 낮아지는 형태였다. 그는 계속해서 땅 위의 자갈을 치우고, 딱딱하게 뭉친 흙을 잘게 부수고, 입자가 비교적 거친 퇴비를 약 15센티미터 두께로 뿌렸다. 그 위에 다시 입자가 비교적 부드러운 퇴비를 약 10센티미터 두께로 뿌린 후, 마지막으로 모래를 30~50센티미터 두께로 깔았다.

“그는 동심원마다 서로 다른 종류의 꽃을 심었다. 가장 안쪽에는 흰색 꽃, 그다음은 노란색 꽃, 가장 가장자리에는 짙은 빨간색 꽃이었다. 중심에서 멀어질수록 짙은 색의 꽃을 심은 것이다. 그는 일할 때 좀처럼 입을 열지 않았다. 그저 학생들에게 묵묵히 보여줄 뿐이었다. 최고의 교육은 역시 제자가 스승을 따라 하는 과정에서 스승이 그렇게 행동하는 이유를 스스로 깨닫는 것이리라.”

그 선생의 내공을 단번에 알아본 데이비는 먼저 다가가 인사를 건넸다. 상대 역시 데이비와 초면임에도 불구하고 친절하게 악수를 나눴다. “저는 바넘(William Barnum)이라고 합니다. 이곳 퀘이커 리지의 가든 디자이너이지요.” 몸집도 왜소하고 키도 150센티미터밖에 안 되어 보이는 이 까무잡잡한 일꾼이 당시 뉴욕에서 가장 유명한 원예사일 거라고 데이비는 상상할 수 없었다.

데이비가 바넘에게 물었다. “저도 당신에게 배울 수 있을까요?” 바넘이 말했다. “저는 매우 혹독하게 교육합니다. 그래야만 학생들이 꽃과 나무를 제대로 심을 수 있기 때문이죠. 사람들이 감상하는 아름다운 경치 뒤에는 엄격한 훈련을 거친 사람들이 있답니다. 엄

격한 훈련만이 예민한 관찰력과 정확한 판단력, 숙련된 기술을 만드는 법이거든요."

1872년 9월, 26세의 데이비는 땅을 정리하고 꽃을 심고 퇴비를 만들고 사용하는 방법을 배우기 시작한다. 데이비는 당시를 회고하며 이렇게 썼다. "필요한 말만 짧게 하는 그를 원망하는 학생들도 있었다. '꽃밭에 잡초가 너무 빨리 자라는데 어떻게 하죠?' 이에 바넘은 이렇게 말했다. '잡초 뽑는 속도가 자라는 속도보다 더 빠르면 됩니다.'"

"바넘은 정원에 나무를 심을 때 늘 일렬로 맞추고, 각 나무의 간격은 4미터로 통일했다. 학생이 투덜댔다. '너무 딱딱해서 미적 감각이 부족해 보여요.' 바넘이 말했다. '이렇게 심는 게 나중에 관리하기 좋습니다.' 학생이 이런 질문을 했다. '어떤 곳에 꽃을 심고 어떤 곳에 나무를 심을지 어떻게 알 수 있나요?' 바넘이 대답했다. '습한 곳에는 꽃을, 건조한 곳에는 나무를 심으세요.' 이렇게 묻는 학생도 있었다. '땅을 정돈하는 작업이 너무 힘들어요. 이렇게까지 노력해서 얻는 게 뭐죠?' 바넘이 대답했다. '몸을 아끼지 않으면 힘들지 않습니다.'"

1872년 12월, 데이비가 충분히 배웠다고 생각한 바넘은 그를 또 다른 선생인 데이비스(Julian Davis)에게 소개한다. 떠날 무렵 바넘은 데이비에게 한 가지 질문을 던졌다. "원예와 수목 경관은 이미 수천 년간 존재해 왔는데, 어째서 이 사회에 아무런 영향력이 없을까요?" 데이비가 답했다. "저는 그저 식물이 좋을 뿐, 식물을 돌보는 일이 이 사회에 어떠한 영향력이 있을 거란 생각은 해본 적 없습니다." 그러자 바넘이 말했다. "많은 사람들이 기술을 조금 배우고 나면 곧장 대표나 사장 따위가 되고 싶어 합니다. 그래서 이 업종 종사자들은 대부분 사장 한 명이 일꾼 몇 명을 두고 일하는 식이죠. 이런 상황을 바꾸지 못하면 나무 돌보기는 영원히 이 사회의 변두리 신세를 면하지 못할 것입니다."

08

바다 내음만으로 나무 심는 방법을 아는 사람

19세기, 뉴욕의 뉴포트(Newport)는

개인 정원이 아름답기로 유명한 지역이었다.

그곳의 주택가는

당시 미국에서 가장 부유한 곳이었다.

정원 경관 전문가 데이비스는 바로 그 구역을 책임지는 관리자였다.

아무리 볼품없는 곳도

그의 손길을 거치면 누구나 살고 싶어 하는 꿈의 집으로 변했다.

데이비가 데이비스에게 바넘의 소개로 왔다고 말하자, 데이비스는 "바넘 밑에서 배운 사람이면 믿을 만하지."라고 말하며 곧장 그를 받아 주었다.

데이비는 다음과 같이 말했다. "나는 그처럼 나무를 잘 심는 사람이 되고 싶었다. 그는 나무를 심기 전, 먼저 대서양에서 불어오는 바닷바람의 냄새를 맡는다. 내가 그 이유를 묻자 그가 대답했다. '이 냄새가 내게 알려 주거든요. 이곳의 겨울이 얼마나 추울지.' 그가 산사나무(Hawthorn)를 심기에 내가 물었다. '이 나무가 이곳에 잘 맞을지 어떻게 아셨어요?' 그가 대답했다. '주변을 둘러보며 대자연 속에서 가장 잘 자랄 수 있는 나무를 보고 심었습니다.' 내가 또 물었다. '묘목은 어디서 사오나요?' 그가 말했다. '가장 잘 자란 나무에서 채취해 옵니다.'"

데이비스는 학생들에게 오전 5시부터 일을 시작하라고 가르쳤다. "나무를 돌보는 사람이 일하기에 가장 좋은 시간은 바로 나무가 깨어나는 시간입니다. 대부분의 나무는 오전 5시에 수분을 흡수하므로 그 시간에 우리도 일을 시작해야 합니다. 나무를 돌보는 것은 나무에게 협조하는 일이지, 나무가 우리에게 협조하도록 만드는 것이 아니니까요. 우리는 나무를 튼튼하게 키우고, 꽃이 아름답게 피도록 가꾸고, 꿈에 그리던 꽃과 나무를 심어야 합니다. 만약 꿈에 그리고 있는 나무가 없다면, 이 직업을 선택해서는 안 됩니다."

그런가 하면 데이비스는 나무를 심을 때 구덩이를 파는 작업을 매우 중요하게 생각했다. 그는 다음과 같이 설명했다. "나무는 심을 때 가장 큰 노력과 시간이 들어갑니다. 땅을 얼마나 잘 파는지에 따라 그 나무의 성장이 결정되니까요. 일단 구덩이 속 돌과 진흙을 제거하고 땅의 경반층(hard pan)을 파낸 후, 그곳에 다시 부식토 및 부식 퇴비를 채워 넣고 마지막으로 씨앗 혹은 묘목을 심어 줍니다. 그런 다음 흙을 잘 덮고 손으로 가볍게 눌러 주면 됩니다."

"건조한 곳이라면 흙 위에 자갈을 덮어 줍니다. 그러면 밤새 물기를 흡수해 토양에 수분을 보충해 줄 수 있죠. 점토질 위에 자갈을 놓으면 표면의 균열을 줄여 줍니다. 또한 나무와 나무 사이에 일정한 간격을 두어야 한다는 사실을 절대 잊으면 안 됩니다. 그렇지 않으면 식물들이 '제 공간이 필요해요. 좀 더 많이 필요해요.'라고 한탄할지도 모르니까요."

데이비가 물었다. "왜 나무를 심는 많은 사람들이 '나무가 잘 자라는지 아닌지는 운에 달렸다'고 말할까요?" 데이비스가 말했다. "어떤 일에 운을 운운하는 사람은 게으르며 준비가 부족한 사람입니다. 일하기 전부터 자신의 능력을 과대평가하고, 일할 때 최선을 다하지 않으면서 그 결과를 운의 탓으로 돌리는 거예요."

1873년 5월, 데이비를 비롯한 스톨리에서 온 이민자들은 마차에 생필품과 농장 공구, 씨앗 등을 가득 싣고 개척대와 함께 오하이오주로 가게 되었다. 떠나기 전 데이비스가 말했다. "원예업에 종사하는 많은 사람들이 뒤늦게 후회합니다. 지식과 준비가 부족한 자신들의 손안에서 너무 많은 나무가 죽어 나가니까요. 잊지 마세요. 나무를 돌보는 데 필요한 지식은 끝이 없어요. 경험이 쌓여도 연구를 멈춰서는 안 됩니다."

09

워런 초등학교 관리인

그는 이미 현장 경험이 충분한데도

여전히 교실에서 수업을 듣길 원했다.

선생님의 실력이 자신보다 못하다는 걸 알면서도 말이다.

그는 나무를 사랑했기에,

그가 배운 모든 지식을 나무에 적용하고 싶어 했다.

개척대가 도착했을 때만 해도 워런은 농장 몇 곳만 있는 인구 약 1,200명의 작은 시골 마을이었다. 워런에 있는 퀘이커교 목사인 리브스(Rev. Reeves)가 그들을 맞이해 주었다. 그들은 교회 근처에 텐트를 설치하고 잠시 지내기로 했다.

그들은 가지고 있는 재산을 한데 모아 작은 농장을 샀다. 그리고 농사일을 잘하는 사람들을 뽑아 그쪽으로 이주시켜 농장을 운영하고 가축과 젖소를 키웠다. 사람들은 먼저 농장 안에 작은 집을 몇 채 세운 후 나머지 사람들을 데리고 왔다. 이에 대해 데이비는 다음과 같이 썼다. "작은 방 하나에 아홉 명의 남자가 함께 살았는데, 가끔 다른 곳에서 온 이민자들을 재워 주느라 열두 명이 함께 지낸 적도 있다. 방이 너무 좁은 탓에 나는 새벽 4시면 일어나 옆에서 자는 친구들을 편히 눕게 했다. 새벽 4시에 일어나는 습관은 그렇게 길러졌다."

데이비는 일어나는 대로 농장의 우물로 가서 물을 길어 젖소를 먹이고, 농장에 심어 놓은 옥수수, 완두, 호박에도 물을 주었다. 그는 일할 때 노래 부르는 것을 좋아했는데, 음악은 데이비가 평생 사랑한 취미였다. 훗날 미국에 라디오가 생기고 클래식 음악을 틀어 주는 최초의 전국 네트워크 방송국이 세워지는 데도 데이비의 후원이 있었다.

사람들은 아침 6시쯤 일어나 아침밥을 먹고, 7시에 일자리를 찾으러 나갔다. 랜피어 목사가 데이비에게 물었다. "너는 남아서 농장 일을 할 생각이니?" 데이비가 말했다. "저는 공부를 하고 싶어요. 학교에서 할 수 있는 일을 찾아보려고요." 마침 워런 초등학교에서 조경과 청소 등을 담당할 기술자를 한 명 구하는 중이었다. 데이비가 지원하러 갔을 때, 교장이 그의 경력을 보고 깜짝 놀라서 물었다. "왜 이곳에서 일하려는 거죠? 원하는 조건이 있나요?" 데이비가 대답했다. "월급은 아무래도 상관없어요. 공부할 기회를 얻고 싶습니다." 그렇게 데이비는 그곳에 취직할 수 있었다. 다음 날, 그는 학교로 이사해 여가 시간에는 학생들과 함께 수업을 들었다.

미국은 남북전쟁 이후 교육을 매우 중시하여 전국적으로 학교를 설립하고 학력이 단절된 사람들이 초등학교와 중학교의 야간부에서 공부하도록 지원해 주었다. 덕분에 데이비 역시 학교에서 기술자로 일하는 동시에 초등학교 6학년 과정을 공부할 수 있었다. 졸업 후에는 중학교의 야간부에도 진학했다.

1874년에 새 이민자들이 대부분 일자리를 찾고 안정적으로 정착하자, 랜피어 목사는 다시 스코틀랜드 스톨리로 돌아가기로 했다. 그곳에 아직 퀘이커 교도들이 일부 남아 있었다. 떠나는 날, 랜피어 목사는 그와 함께 건너왔던 이민자들을 한데 모아 워런의 교회와 현지 퀘이커 교회를 병합한다고 밝힌 후, 리브스 목사에게 이들을 부탁했다.

데이비는 이전부터 성가대 활동을 해왔다. 그리고 성가대에서 리브스 목사의 딸인 버사 리브스(Bertha Reeves)를 만났다. 그땐 미처 알지 못했다. 이후 그들이 부부가 되어 함께 일하며 세계 최초로 나무 관리 회사를 설립하게 되리라는 것을.

급여는 매우 낮았지만 데이비는 전심전력으로 일했고 솜씨도 좋았다. 누군가 그에게 물었다. "이 일에 왜 이렇게 열심이세요?" 그가 대답했다. "학교의 나무를 건강하게 길러 내는 것이 학생들에게 좋은 학습 환경을 만들어 주는 일이기 때문입니다." 그는 학교에서 얻을 수 있는 가장 값진 보상은 월급이 아니라 일의 보람이라고 여겼다.

10

나무를 타는 일꾼

그는 오로지 나무를 아끼고 사랑하는 마음으로
마치 서커스 단원처럼
밧줄을 묶고 나무 꼭대기에 오르고,
마치 동양의 무예가처럼
나뭇가지를 밟고 뛰어다녔다.

관리인이 정성을 다해 나무를 가꾸는 학교가 있다고 유명해지면서, 1876년에는 그 아름다운 교정을 보기 위해 워런 초등학교를 방문하는 사람들이 생겼다. 학교 곳곳을 살펴보고 나면 관리인이 그저 열심이기만 한 것이 아니라, 어디서도 본 적 없는 기술로 교정을 돌보고 있다는 사실을 알 수 있었다.

데이비는 직접 제작한 미끄럼 방지 고무 신발을 신고 나무의 미끄러운 줄기에 오르는가 하면 밧줄의 한쪽 끝을 몸에 묶고 다른 한 끝은 나무 위에 묶은 다음 직접 나무를 타고 올라가 문제를 살피기도 했다. 과거 나무 전문가(Tree Man)들은 땅 위에서 나무를 올려다보거나 기껏해야 사다리를 타고 올라 살펴보는 정도였다. 직접 나무를 타고 올라가 문제 부위를 관찰하는 사람은 그가 처음이었다.

나무를 진심으로 사랑하고 보호하려는 열정이 없다면 이렇게까지 할 수 없었을 것이다. 누군가 그에게 물었다. "왜 이렇게까지 하는 거죠?" 그가 말했다. "나무의 상태를 살피기 위해서는 멀리서도 보고, 가까이서도 보고, 나무 아래서 올려다보기도 하고, 나무의 줄기에서 보기도 하고, 심지어 나무의 꼭대기에서 내려다보기도 해야 합니다. 그래야 문제의 진짜 원인을 찾을 수 있죠. 나무가 높을수록 아래에서는 문제를 발견하기 쉽지 않습니다. 나무 아래서 바라보면 시야가 한정적이기 때문에 작은 문제도 심각하게 느껴지거든요. 자칫하면 나무에 큰 영향을 주지 않는 미미한 문제 때문에 나무를 뽑아 버리는 일이 생길 수도 있어요."

또 누군가 물었다. "나무를 타고 올라가면 뭐가 보이나요?" 데이비가 대답했다. "나무 위에 올라가서 봐야만 어디에 썩은 나뭇가지가 있는지, 어느 나뭇가지의 나뭇잎이 다 떨어지고 없는지, 또 어떤 나뭇가지 끝부분이 벗겨지려고 하는지 정확하게 파악할 수 있죠. 어느 가지와 줄기에 탄성이 부족한지, 어디에 균이 있는지, 어디에 벌집과 개미굴이 있는지, 모두 나무 위에 올라가서 봐야만 자세히 관찰할 수 있고, 그래야 정확히 치료할 수 있어요. 만약 나무에 썩은 곳이 있다면 그리 큰 문제는 아닙니다. 썩은 부분을 도려내고 밀납으로 메우면 간단히 해결되죠. 하지만 초기에 치료 시기를 놓치면 나중에 쉽게 썩어 버립니다."

이날의 대화는 훗날 데이비가 '나무 의사(Tree Doctor)'라는 직업을 만들게 된 시작점이다. 이때부터 그는 사람들에게 병들거나 다친 나무도 치료할 수 있으니 쉽게 나무를 베어 버리지 말라고 당부했다.

"그런데 다른 나무 전문가들은 이렇게 할 수 없나요?" 누군가 이해할 수 없다는 듯 말했다. "맞습니다. 그들은 나무에 올라가지 않고 아래에서만 문제를 보려 하니까요. 문제가 있는 나무들은 대부분 뽑아 버리지 않고 살릴 수 있습니다. 저 역시 썩은 부분은 도려내고 전체 나무의 절반 이상을 쳐낼 때도 있어요. 그렇게 해서라도 한 그루의 나무를 살릴 수 있다면요."

데이비는 늘 조금도 귀찮아하지 않고 기꺼이 나무를 타고 올라가 문제를 해결하는 방식을 고수했다. 데이비가 고안한 나무 위에 올라 나무를 관찰하고 치료하는 방식은 훗날 나무 의사만의 전문 기술이 되었다.

데이비가 나무를 타고 올라갈 때 사용한 도구들은 훗날 나무 의사들의 전문 장비가 되었을 뿐 아니라 그에 대한 시장의 수요도 생겼다. 데이비는 나무를 돌보는 이 기술을 사람들과 기꺼이 나누었다. 그는 이렇게 말했다. "자연 속 모든 나무와 꽃, 풀잎 중 오로지 자기 자신을 위해 성장하는 식물은 없다. 덕분에 자연이 이토록 아름다울 수 있는 것이다. 나는 이들처럼 더불어 사는 것이야말로 즐거운 인생이라는 사실을 깨닫는다."

11

눈보라 속에서 만난 인디언

데이비는 노래하는 것을 좋아했다.
쉬는 시간이면 학생들에게 노래를 가르쳐 주어서
인기가 무척 많았다.
그는 나무만큼 사람들과 어울리는 것도 좋아했다.
인디언들이 마을에 물건을 사러 올 때면
그들에게 인디언 언어를 배웠다.

오하이오주의 북부에는 '이로쿼이족(Iroquoian)'이라는 인디언들이 살고 있었다. 그들은 농사에 능했을 뿐 아니라 목재를 사용해 한 줄 모양의 긴 집을 직접 지어 살았다. 그래서 미국인들은 이들을 '롱 하우스(Long House)족'이라고 불렀다.

데이비는 나무를 보러 종종 숲속에 가곤 했다. 1875년 겨울에 여느 때와 마찬가지로 숲을 찾았던 데이비는 예상치 못한 대 폭설로 길을 잃고 말았다. 그는 간신히 몸을 피할 수 있는 공간을 품고 있는 커다란 나무를 발견해 그곳을 임시 대피소로 삼았다. 그렇게 눈보라가 지나기만을 기다리고 있는 데이비의 바람이 무색하게도 눈보라는 온종일 계속되었다. 추위와 배고픔에 떨고 있던 그 순간, 눈보라 속에서 누군가의 외침이 들렸다. 데이비는 곧장 대답했다.

얼마 지나지 않아 눈보라를 뚫고 인디언 한 명이 개 한 마리를 끌고 나타났다. 그 인디언은 데이비를 자신의 부락으로 데려가 따뜻한 음식을 건넸다. 데이비는 무척 고마워하며 물었다. "제가 그 숲 속에 있다는 걸 어떻게 아셨어요?" 인디언이 말했다. "그동안 숲속에서 당신을 자주 봤거든요. 아마도 당신은 나무에 정신이 팔려 저를 못 봤을 거예요. 눈이 내리기 시작할 무렵, 숲속으로 걸어간 당신의 발자국을 봤어요. 분명 이 폭설 때문에 숲속에서 나오지 못하고 있을 것 같아 찾으러 갔죠."

데이비가 또다시 물었다. "눈 때문에 제 발자국이 안 보였을 텐

데, 그 나무에 있다는 건 어떻게 아셨어요?" 인디언이 답했다. "저라도 그곳에 몸을 숨겼을 테니까요. 물론 제 강아지도 조금 도왔고요." 그는 강아지를 쓰다듬으며 말했다. 그 인디언의 이름은 오로(Oro)다.

오로와 친구가 된 데이비는 그 후로 종종 인디언 부락을 방문하여 그들의 언어를 배웠다. 그들과 점점 친해지다 보니 인디언들의 농사 솜씨가 무척 훌륭하며 자신들이 심은 나무로 직접 집을 짓는다는 사실도 알게 되었다. 그들은 조류나 곤충에 대해 공부하고 토양의 상태를 관찰하는 것으로 어디에 무슨 나무를 심을 것인지 결정했다.

데이비는 다음과 같이 설명했다. "인디언은 나무를 대자연의 기록이라고 여겼다. 나무 한 그루를 통해 그들은 과거에 이루어진 수많은 변화를 파악했다. 또한 그들은 산세의 기복이 나무의 성장에 얼마만큼 영향을 주는지도 알고 있었다. 같은 나무여도 산능선에 심는지 산골짜기에 심는지, 바람이 불어오는 방향과 마주보게 심는지 등지게 심는지, 평지에 심는지 낮은 언덕에 심는지에 따라 성장 상태가 전부 다르며 목재의 강도 또한 달라진다. 따라서 그들은 그때그때 필요한 용도에 따라 각기 다른 곳에서 목재를 채취했다."

얼마 후 데이비는 인디언 아이들이 워런 초등학교에서 공부할 수 있도록 도왔고 마을에 아이들이 무료로 지낼 수 있는 숙소를 마련해 주었다.

12

가지들을 지키기 위한 고집

그는 매우 특이한 사람이었다.
자신에게 잘못한 사람들에겐 너그러우면서도
나무에게 해를 입히는 사람들에겐 가차 없이
왜 그랬는지 반드시 따져 물었다.
사람들은 그를 '나무를 가장 잘 이해하는 사람'이라 했지만,
그는 여전히 "저도 아직 모르는 게 많아요."라고 대답했다.
그는 병들거나 다친 나무를 볼 때면 항상 두 가지 질문을 던졌다.
'원인이 무엇인가?'
'앞으로 이런 상처를 입지 않으려면 어떻게 해야 하는가?'

19세기, 전기가 발달하면서 기술자들은 전선을 이용해 전력을

집안으로 공급해 주었다. 그들은 무거운 전선을 땅에서부터 전봇대 위까지 메고 올라가곤 했다. 역사상 최초의 전봇대는 1815년 런던에서 로날드(Francis Ronalds, 1788-1873)가 세운 것이다. 초창기 전봇대의 높이는 약 4미터였다. 이 때문에 전선이 지나가는 길에 있는 나무들은 줄기만 남기고 가지들을 자르거나 아예 베어 버려야 했다.

전선과 전봇대는 전기의 보급과 더불어 세계 각지로 빠르게 퍼져 나갔고, 1844년 마침내 미국에도 첫 번째 전봇대가 세워졌다. 하지만 전봇대는 높이 자라는 나무들과 충돌할 수밖에 없었다. 전선과 나뭇가지가 바람에 마찰을 일으키면 쉽게 불이 나기 때문이다. 당시 전력회사는 나무 전문가를 고용해 전봇대 주변 나무들의 가지를 전부 잘라내고 나무가 높이 자라지 못하게 막았다.

1876년, 드디어 워런에도 전봇대가 세워졌다. 하지만 데이비는 워런 초등학교를 지나는 전봇대 주변 나무들의 가지를 모두 자르겠다는 의견에 반대했다. 그가 말했다. "당신들이 가지들을 자르는 데 드는 시간은 내가 나무를 보살피는 시간의 10분의 1도 채 되지 않을 겁니다. 당신들이 훼손한 나무는 열 배의 시간을 들여도 본래의 아름다운 모습으로 결코 되돌리지 못합니다. 당신들은 빠른 작업 속도를 뿌듯해하겠지만 사실 그건 우매함을 뿌듯해하는 것과 마찬가지입니다. 아름다운 나무를 훼손시킨다는 자각조차 없는 거니까요." 돈벌이에만 급급한 이러한 사람들을 '나무 전문가'라고 부르는 것을 데이비는 이해할 수 없었다.

데이비의 굽히지 않는 고집 때문에 결국 전력회사와 마찰이 생겼다. 당시 전력회사는 정부가 관리하는 조직이었기 때문에 나무를 제거할 수 있는 강제권을 가지고 있었다. 전력회사의 관계자가 직접 데이비의 앞에 와서 요구했다. "전선 주변의 나무들은 반드시 모든 가지들을 잘라내야 합니다. 이는 주민의 안전을 보장하기 위한 필수적인 조치입니다." 데이비가 대답했다. "그것은 단지 빠르게 처리하기 위한 야만적 행위일 뿐입니다. 나무가 먼저 이곳에 뿌리를 내렸으니 나무에게 우선권이 있습니다. 그런데 나중에 생긴 전선이 나무에게 작아지라고 요구하다니요. 만약 전선이 누군가의 집을 지나게 된다면 사람들에게 집 윗 부분을 철거해야 한다고 하실 겁니까? 전봇대가 회사를 지나면 회사를 옮기시겠어요?"

그러나 돌아오는 전력회사의 답변은 여전히 강경했다. "나무란 그저 아름다운 볼거리에 불과합니다. 약간의 훼손은 공공시설을 위해 필수적인 희생이죠." 이에 대한 데이비의 대답은 더욱 강경했다. "나무는 사람들의 공유 재산입니다. 법적으로 공유 재산을 보호할 의무가 있어요. 나무의 높이를 규제하거나 훼손하는 것은 범죄 행위입니다."

돈과 권력을 가진 전력회사 측은 일개 초등학교 관리인과 타협하는 대신 그를 협박하기 시작했다. "자꾸 전력 공급을 지연시키면 책임을 져야 할 겁니다. 회사 측에서 나무 전문가를 데려와 처리하면 되거든요." 하지만 데이비는 꿈쩍도 하지 않았다. "나무 전문가라니. 그들은 나무에 대해서 하나도 모르는 바보 천치에, 나무를 베어 버릴 줄만 아는 백정이나 다름없어요. 나는 광적인 나무 애호가도 아니고, 시비 걸고 욕하기 좋아하는 싸움꾼도 아닙니다. 그저 나무와 전봇대가 공존할 수 있는 타협점이 있다고 생각해요. 그렇지 않으면 앞으로 전선이 지나가는 모든 길의 나무들이 다 죽어 버릴 테니까요. 전봇대가 세워지는 땅은 모두 추레해지겠지요." 그리고 다음과 같이 덧붙였다. "교정에 세워지는 전봇대 아래쪽 나뭇가지를 짧게 치고, 전선을 넘어가도록 나무를 더 높게 키운다면 문제를 합리적으로 해결할 수 있습니다." 데이비의 제안은 워런 주민들의 폭넓은 지지를 받았다.

그 가운데 남북전쟁의 영웅 래틀리프(Brigadier Ratliff)와 유명한 시인인 가필드(John Garfield)가 있었다. 그들이 앞장서서 데이비의 의견을 지지하자, 그때부터 회사 측이 함부로 나뭇가지들을 자르거나 나무를 베지 못하게 하는 '나무 보호' 운동이 시작되었다. 이 사건은 오하이오 전역에 보도되었고, 이후 빠른 속도로 미국 각지에 퍼져 나갔다.

1877년, 이런 영향으로 전력회사는 마침내 데이비의 의견에 따라 나뭇가지들을 자르지 않기로 결정했다. 이 일은 폭넓은 관심을 받으며 점점 더 많은 미디어에서 보도되었다. 한 기자와의 인터뷰에서 그가 말했다. "전력회사와의 문제는 어느 한쪽이 특별히 잘못해서 일어난 일이라고 생각하지 않습니다. 각자 자신이 맡은 임무에 최선을 다하고 싶었을 뿐이죠. 그러나 만약 그들이 자신의 입장과 생각만 고집했다면 분명 나무가 피해를 입었을 거예요. 우리는 협조를 통해 절충안을 찾아 나무를 반드시 보호해야 했습니다."

또한 데이비는 나뭇가지들을 자르면 안 되는 이유를 다음과 같이 밝혔다. "나무가 강풍에 흔들릴 때 나뭇가지가 중심을 잡아 줍니다. 나뭇가지가 없는 나무는 바람에 쉽게 넘어지죠." 그는 나무에도 생명이 있으니 멋대로 훼손해서는 안 된다는 의견을 끝까지 굽히지 않았다. 그는 진정으로 나무를 돌보는 사람이라면 툭하면 나무를 베어 버리는 것이 아니라 나무를 아끼고 사랑해야 한다고 믿었다.

DAVEY TREE SURGERY

13

날아라, 나무 꼭대기까지

1877년, 데이비는 어디서나
그를 알아보고 인사와 악수를 건네는 사람들을 만났다.
학교에서 일하는 와중에도 기자들이 찾아와 인터뷰를 요청했으며
숲에서 나무를 보고 있을 때면
인디언들이 인사를 건넸다.
래틀리프 장군은 그를 초대해 함께 차를 마셨고,
시인 가필드는 자신의 집 뒷마당에
묘목을 보관할 온실을 그를 위해 만들었다.
워런 초등학교의 교정은
많은 선생님들이 학생들을 데리고 관람하는 곳이 되었다.

데이비는 인기 덕분에 더 많은 일자리를 제안받았지만, 그는 여전히 초등학교의 관리인으로 남았다. 그가 말했다. "좋은 일을 위해서는 헌신이 필요하다."

데이비는 온화한 성격에 사람들과 어울리기를 좋아했다. 1878년 9월, 그는 원고 작성을 비롯해 모든 작업에 직접 참여한 『*Davey's Floral and Landscape Educator*』(데이비의 화예 및 조경 교육서)의 발행호를 출간했다. 그는 이 일에 거의 한 달치 급여를 쏟아붓고도 그저 즐겁기만 했다. 그의 나무에 대한 열정은 나무에 관심 없던 수많은 사람에게도 영향을 미쳤다.

데이비는 나무를 잘 모르는 대다수 사람이 스스로 알아차리지도 못하는 사이에 나무에게 상처를 입힌다는 사실을 깨달았다. 나무를 잘 돌보기 위해서는 사람들의 협력이 필요했다. 그리고 협력을 위해서는 나무에 대한 지식과 교육을 제공하는 것이 우선이었다.

그는 이 뉴스레터에 다음과 같이 적었다. "이 뉴스레터를 정기 구독하지 마십시오. 주소를 받아 적을 시간이 없거든요. 돈을 내지도 마십시오. 영수증 끊어 줄 시간도 없으니까요." 그는 뉴스레터에 실을 모든 글을 혼자서 쓸 수 없어 교회에 '식물과 식물 관리를 소개합니다'라는 수업을 개설했다. 그리고 관심 있는 사람들을 불러 모아 강의한 후, 그들이 쓴 글을 뉴스레터에 실었다.

오하이오 대학 역사학 교수인 로라(Ronald Lora)는 데이비의 나무에 대한 관심 및 문화와 경제에 대한 공헌을 회고하며 다음과 같이 썼다. "몸으로 일하는 사람들은 경건함, 자신감, 행동력을 겸비하여 궂은일도 마다하지 않는다. 미국이 가진 진정한 힘은 그들로부터 나온다. 데이비가 대표적인 예이다."

1878년, 워런의 '마을 최고의 인기인' 투표에 데이비가 뽑혔다. 데이비는 마을 사람들에게 감사를 표하면서도 여전히 마을 대표직보다는 학교 관리인으로 일할 것이라고 밝혔다. "저는 마을 한 귀퉁이에서 나무를 돌보는 일이 좋습니다."

데이비는 쉽지 않은 일을 손쉽게 해내는 재주가 있었다. 일을 너무 복잡하게 생각하지 않는 단순한 성격 덕분에 그는 '창업'이라는, 거의 불가능해 보이는 일을 시작할 기회를 얻었다. 훗날 그는 수천 명에 달하는 직원을 거느린 세계 최대 규모의 나무 회사를 세운 유명인이 되었다. 누군가 그에게 말했다. "당신이 성공할 수 있었던 것은 시기를 잘 타고난 덕분입니다." 데이비가 말했다. "전 시기 같은 건 믿지 않습니다. 그저 제가 할 수 있는 작은 일에 매번 최선을 다했을 뿐입니다."

1878년 10월에 데이비는 두 번째 뉴스레터에 이렇게 썼다. "우리는 일생 동안 식물과 함께한다. 그러니 어떻게 식물을 이해하지 않을 수 있겠는가?" "내가 운명을 믿지 않는 이유는 늘 준비된 사람에게 기회가 주어지기 때문이다." "나무를 좋아한다는 건 행운이다. 어디에서나 자연을 감상할 수 있기에." "땡볕 아래에서 일하는 게 힘들다고 투덜대지 마라. 그때야말로 식물의 아름다움을 볼 수 있는 기회이자 대자연의 오묘함을 느낄 수 있는 순간이다."

1878년 12월, 데이비가 식물이 아닌 사람에게 관심을 가지기 시작했다. 바로 버사였다. 버사는 종종 사무실에 찾아와 그의 뉴스레터 발간을 묵묵히 도왔다.

1879년, 데이비와 버사는 정식으로 교제를 시작했다. 버사는 워런에서 가장 아름다운 여인으로 유명한 만큼 많은 사람들이 그녀를 따랐다. 반면 학교 관리인인 데이비는 대부분의 시간을 사람이 아니라 나무를 보는 데 쓰고, 평소 사무실이 아니라 나무 위에서 일하는 사람이었다. 월급은 고작 7달러였고 저축한 돈도 없었다. 그가 가진 꿈과 성실함을 제외하면 그와의 결혼은 아무것도 보장되지 않은 삶이었다. 그러나 데이비는 버사에게 약속했다. "나무를 돌보듯이 당신을 돌보겠습니다." 1880년 마침내 그들은 결혼했다.

14

숲길을 함께 걷다

부엉이를 왜 보려고 하는지,
말벌을 왜 관찰하려고 하는지,
버사는 데이비 이야기에 귀 기울이며
“내가 같이 가도 될까요?”
종종 물었다.
버사가 왜 같이 가고 싶어 하는지
데이비는 그 이유를 알지 못했다.

하루는 데이비와 오로가 숲에 가서 부엉이의 숲속 야간 비행 경로와 나무와의 상관 관계를 연구하기로 했다. 그들은 몇 개의 산을 넘고, 몇 개의 시냇물을 건너고, 몇 군데의 바위를 기어오르며 사람이 다니지 않는 작은 길을 지났다.

그때 버사가 데이비에게 물었다. "부엉이는 왜 보려고 해요?" 데이비는 답했다. "부엉이는 나뭇가지와 잎이 무성한 곳을 날아다니는데, 이렇게 보면 가지를 어떻게 다듬어야 부엉이들이 들어올 수 있는지 알 수 있거든요." 버사가 왜 부엉이에 관심을 가지는지, 데이비는 도무지 알 수 없었다.

얼마 지나지 않아 데이비와 오로가 말벌을 관찰하기 위해 숲으로 향했다. 버사가 물었다. "말벌이 나는 모습은 왜 보고 싶은 거예요?" 데이비가 말했다. "말벌은 나무를 좀먹는 곤충들을 먹어 없애줘요. 나무에겐 최고의 천연 살충제인 셈이죠." 버사는 이번에도 함께 길을 나섰다. 데이비는 그녀가 뉴스레터를 위해 함께 가는 거라고 생각했다. 숲에서 말벌을 찾았을 때, 오로와 그의 개는 일부러 앞서가며 데이비와 버사에게 둘만의 시간을 만들어 주었다.

또 한 번은 데이비와 오로가 무당벌레를 보러 강가에 나가는 날이었다. 데이비가 "무당벌레는 꽃이나 관목(灌木)의 벌레를 없애는

데 아주 좋은 도우미예요."라고 말했더니, 버사가 이번에도 따라 나섰다. 데이비는 무당벌레를 보는 그녀의 집중력을 감상했다.

데이비와 버사는 함께 나무 관리에 대한 생각과 기술을 나누는 데 점점 더 많은 시간을 보냈다. 데이비는 대부분의 시간을 그저 경청하고만 있는 버사를 '담화(曇花, 선인장과의 쌍떡잎식물로 저녁에 피고 아침에 시든다. '월화미인'이라고도 한다-역자 주) 여사'라고 불렀다. 이에 대해 그는 다음과 같이 썼다. "그녀는 평소 별다른 의견을 내세우지 않지만 날이 어두워지면 그제야 담화처럼 피어나 독보적인 아름다움을 내뿜는다."

그들은 1880년 1월 결혼했다. 버사가 첫 번째로 원한 것은 데이비가 학교 일을 그만두고 '데이비 나무 전문가 회사(Davey Tree Expert Company)'를 설립해 이상을 실현시키는 것이었다. 하지만 당시 그들의 수중엔 고작 1달러가 전부였다. 데이비가 물었다. "1달러로 어떻게 회사를 세운단 말이에요?" 버사가 말했다. "회사는 나무에 대한 당신의 열정으로 세우는 거예요. 이 1달러만 있으면 회사가 문 닫을 일은 없어요." 하지만 데이비는 바로 결정을 내릴 수 없었다. 그는 또 아내에게 물었다. "세상에 이런 회사는 없어요. 우리가 정말 이 사업을 시작해도 될까요?" 버사가 말했다. "우리가 나무를 아끼고 사랑하는 회사라는 사실만 잊지 않는다면, 세상에 나무를 아끼고 사랑하는 모든 사람이 우리의 고객이 될 거예요."

데이비의 첫 번째 동료는 바로 '오로'였다.

15

세상을 향한 첫걸음

데이비에게는 수많은 경험과 기술 그리고 꿈이 있었다.

또한 훌륭한 성품을 갖추고 있음은 물론이다.

그는 성실했고 똑똑했다.

그런 그에게 시련이라면

스스로 개척한 분야에서 회사까지 세웠지만,

어떻게 첫 발을 내딛어야 할지 모른다는 것이었다.

그런 남편에게 버사가 제안했다.

켄트(Kent)라는 가난한 벽촌에서부터 시작하면 어떻겠느냐고.

켄트는 과거 미국 남북전쟁의 전장으로 수많은 전사한 군인 장병들의 묘지가 있는 곳이다. 1865년 전쟁이 끝나고 이곳에 사는 주민은 소수에 불과했다. 하지만 주변 토지가 매우 넓고 강이 있어 물을 얻기 편리하다 보니 1867년까지 계속해서 사람들이 이주하여 신흥 도시가 되었다.

데이비는 생각했다. '워런에서 많은 사랑을 받았으니 회사도 워런에서 시작하는 것이 비교적 수월하지 않을까' 그러나 버사는 그에게 이렇게 말했다. "위대한 일은 아무도 주목하지 않는 곳에서부터 시작되는 거예요. 아름다운 나무가 초라한 묘목에서부터 성장하듯이." 데이비가 버사에게 물었다. "그럼 어디에 회사를 세우면 좋을까요?" 버사가 말했다. "켄트예요. 신흥 도시에 회사를 세우면 집을 싸게 얻을 수 있고, 적은 자본으로 다른 곳보다 넓은 땅을 살 수도 있죠. 그곳에 나무 종묘장과 온실을 만들고 공구를 보관할 수 있을 거예요."

데이비가 말했다. "인구가 500명도 채 안 되는 곳에 회사를 세우면 누가 찾아오겠어요?" 하지만 버사는 각지에서 고객들이 찾아올 거라고 확신했다. "지금까지 나무를 돌보는 일을 직업으로 하는 사람은 없었어요. 그러니 필요한 순간이 되면 반드시 우리를 찾아

올 거예요. 나무를 돌보는 건 고도의 전문 기술이 필요하기 때문에 오직 당신만이 할 수 있는 일이니까요. 지금 우리가 집중해야 할 건 고객이 아니라 더 많은 사람들을 육성하는 거예요. 전문 기술을 배워서 당신과 함께 나무를 돌볼 수 있는 사람들이요." "그런데 왜 하필 켄트죠?" 데이비는 여전히 주저하며 물었다.

버사가 말했다. "언젠가 당신이 나무 갈라지는 소리만 들어도 나무의 재질과 강도, 현재 받고 있는 압력의 정도를 알 수 있다 했죠. 켄트에는 큰 묘지가 있는데, 그 주위에는 가난한 사람들이 살고 있어요. 가난한 가정의 아이들은 비교적 일찍 생계 전선에 뛰어들게 되죠. 우리가 그들을 훈련시켜 고용하는 거예요. 그럼 그들이 나태한 사람들이 아니라 믿을 만한 재목들이며, 당신의 미래에 가장 좋은 동료가 되어 줄 거라는 사실을 알게 될 거예요."

데이비는 아내의 의견에 따라 켄트로 이주한다. 훗날 데이비 회사 직원 중 4분의 3은 농촌 출신이었다. 특히 켄트의 묘지 주변에 살던 수많은 젊은이들이 성장해 데이비의 회사에서 유능하고 경험이 풍부한 기술자가 되었다.

16

천국으로 가는 정류장

수많은 기회가 처음부터 기회로 나타나지는 않는다.

그것은 우리에게 패배감과 실망감, 심지어 모욕감을 느끼게 한다.

많은 준비를 마치고 좋은 기술을 가지고 있는데도

고상한 이상향을 추구한다는 이유로

이러한 저속함을 견뎌야만 하는 것일까?

그렇다. 위대함은 언제나 비천함에서 시작된다.

어쩌면 아무도 가지 않은 길을 가는 것이야말로

기회의 문을 여는 첫 번째 열쇠일지 모른다.

1881년, 회사를 세운 후 데이비가 첫 번째로 의뢰받은 작업은 켄트 시장이 의뢰한 '스탠딩 록 공동묘지(Standing Rock Cemetery)'의 경관을 개선하는 일이었다. 1819년에 만들어진 이곳은 신원이 불문명한 서부 개척자들의 공동묘지였는데, 남북전쟁 이후 전장에서 사망한 수많은 군인도 이곳에 묻혔다. 거기에 1866년 몇몇 자치구의 공동묘지가 이곳으로 옮겨지면서, 커다란 돌을 표식 삼아 세웠다 하여 '스탠딩 록 공동묘지'라고 불리게 되었다.

사람들은 보통 묘지라 하면 '가장 드러내고 싶지 않은 곳'이라고 생각할 것이다. 스탠딩 록 역시 주변에 울타리가 둘러져 있고, 평소에는 철문으로 굳게 닫혀 있었다. 묘지 안 대부분의 나무는 베어져 있거나 이파리 하나 없이 헐벗은 상태였다. 당시 묘지 관리는 그다지 존중받지 못하는 직업이었던 탓에 데이비에게 주어진 비용은 매달 1달러가 전부였다.

그러나 데이비는 흔쾌히 이를 수락하고 묘지 안에 나무를 심기로 결정했다. 그는 우선 묘지 입구에 공고를 내걸고 묘지 주변에 사는 가난한 가정의 젊은이들 가운데 일을 배우고 싶은 사람들을 모았다. 그렇게 모인 사람들에게 나무심기와 가지치기, 잔디 깔기, 꽃 심기, 못 파기, 돌 쌓기 등을 가르치면서 월급까지 주었다. 그야말로 밑지는 장사였다. 하지만 데이비는 아버지에게 돈을 지원받고, 버사 역시 자신의 아버지에게 돈을 빌려와 남편의 일을 도왔다. 누군가가 그들에게 물었다. "그렇게까지 하는 목적이 무엇입니까?" 데이비가 말했다. "좋은 나무를 심으면 묘지도 아름다운 공원으로 바뀔 수 있습니다. 이곳의 환경이 아름다워지면 많은 사람들이 즐겨 찾겠죠. 그럼 당신들의 집도 더 좋은 가격에 팔릴 것입니다."

또 누군가 물었다. "묘지 일은 비천한 직업 아닙니까?" 이에 데이비가 대답했다. "직업이 사람을 존귀하게 만드는 것이 아닙니다. 존경할 만한 사람이 존경받는 직업을 만드는 것입니다." 질문이 이어졌다. "묘지에서 일하면 무섭지 않나요?" 데이비가 말했다. "나약한 사람은 어디서 일하든 무서울 수밖에 없어요. 묘지에서 일하는 목적이 바로 사람들의 무서움을 없애 주는 것입니다."

훗날 스탠딩 록 공원묘지는 미국에서 가장 아름다운 공원 묘지가 되어 묘지에 대한 사람들의 인상을 바꾸었다. 수많은 사람들의 발길이 이어진 덕분에 그곳은 어느새 마을의 명소로 자리 잡았다. 여러 작업에 참여한 젊은이들은 이 일의 성취감을 맛본 후 데이비

회사의 직원이 되었다. 데이비는 이렇게 말했다. “사람들은 영원한 안식에 드는 것을 영예로운 천국에 가는 것으로 여기면서도, 땅 위의 묘지는 어떻든 상관없다고 생각한다. 하지만 나는 안식에 드는 바로 그곳이야말로 영예로운 정원과 같이 아름다워야 한다고 생각한다.”

회사의 두 번째 고객은 한때 데이비의 적수였던 전력회사였다. 전력회사 측은 그에게 켄트 지역의 전선 아래쪽 나무들을 다듬어 전선에도 영향을 미치지 않고 나무도 아름다운 형태도 유지되길 바랐다. 데이비는 한때 그를 반대했던 전력회사가 그의 가장 큰 지지자가 되리라고는 생각하지 못했다.

이런 예상치 못하게 얻은 일들을 보며 데이비는 한 가지 다짐을 했다. 매년 회사의 이익이나 손해에 관계없이 켄트에 나무 몇 그루를 기부한 후 책임지고 돌보겠다고 말이다. 미국에서 가장 유명한 ‘나무 도시(Tree City)’인 켄트는, 지금도 세계 각국의 나무 애호가들이 찾아와 견학하는 곳이다.

17

나무 종묘장을 만들다

그는 특별한 기술을 가진 나무 전문가들에게
의견을 구하는 일을 게을리하지 않았다.
자신이 나무에 대해 가장 잘 아는 전문가라고 자만하지 않았던 것이다.

1882년, 데이비는 오하이오주의 베롤차이머(Emil Berholzheimer)라는 기술자에 대해 알게 되었다. 그는 최근 스코틀랜드에서 이주한 이민자인데, 스코틀랜드 원예 시장에서 온실 묘목 재배 기술로 제법 유명한 사람이었다. 데이비는 온실 재배법을 배우기 위해 그를 찾아갔다. 베롤차이머가 키우는 묘목들의 상태는 아주 훌륭했다.

비결을 묻는 데이비에게 베롤차이머가 말했다. "식물을 보호할 때 가장 중요한 것은 그 식물의 뿌리를 보호하는 일입니다. 뿌리가 상하면 옮겨 심은 후 문제가 생기기 마련이지요. 그러므로 식물의 뿌리를 보호하는 것이야말로 모든 원예 작업을 통틀어 가장 우선시해야 할 일입니다. 뿌리 주변에는 무수한 균이 있어, 뿌리에 활력이 있어야 세균에 감염되지 않습니다." 데이비는 그에게 배운 내용을 빠짐없이 기록했다.

"어떤 식물들은 추운 겨울을 견디지 못해요. 그럴 땐 뿌리 부분만 남기고 전부 제거해 줍니다. 그것을 온실로 옮긴 후 습하고 깨끗한 모래로 덮어 줍니다. 겨울이 지나면 다시 꺼내는 거죠. 그렇게 틔운 싹을 7센티미터 깊이의 화분에 옮겨 심어 키웁니다. 그것을 2주 후 10센티미터 깊이의 화분으로 옮겨 심고, 또다시 2주 후 15센티미터 깊이의 화분으로 옮겨 심고, 다시 20센티미터 깊이의 화분으로 옮겨 심어요. 그리고 마지막으로 온실 밖 깨끗한 토양 위에 심는 거죠."

베롤차이머는 데이비를 자신의 식물들이 있는 곳으로 데려가 직접 보여 주었다. 어떤 식물들은 너무 커서 옮겨 심기가 불가능했는데, 그런 경우에는 줄기에 펠트를 둘러 주거나 식물 주변에 목재 틀을 세워 추위로 인한 피해를 줄여 주었다. 베롤차이머가 말했다. "추위가 몰아치면 밤에 펠트를 챙겨 야외에 있는 식물들을 덮어 줍니다. 간혹 식물들이 찬바람을 견딜 수 있을지 알 수 없는 날엔 식물 옆에 텐트를 치고 함께 밤을 보내며 그들을 보호해 주기도 합니다." 이 둘은 첫 만남에 둘도 없는 친구가 되었다.

그 후로 데이비는 베롤차이머의 방법을 직원들과 공유했다. "나무가 튼튼히 서려면 반드시 뿌리가 깊이 내리고 있어야 합니다. 회사를 처음 세웠을 때만 해도 우리는 척박한 자갈밭 위에 있었습니다. 따라갈 만한 선례가 전혀 없었죠. 우리도 베롤차이머와 같이 어떠한 환경에서도 늘 나무 곁을 지켜야 합니다. 그는 나무를 돌보는 일에 강한 열정을 가진 덕에 평생 일 그 자체를 즐길 수 있었습니다. 수많은 회사가 규모가 커지면 다방면에 욕심을 냅니다. 그러나 우리는 나무 돌보는 것 외에 다른 분야에는 일절 몸담지 않을 것입니다. 나무를 전력으로 돌보는 것만이 회사 경영의 깊이를 더할 수 있는 길이기 때문입니다. 저는 나무를 돌보는 일이 사람들에게 아주 중요한 일이며, 끊임없이 공부하고 이상을 실천할 수 있는 일이라고 믿습니다."

버사는 이런 데이비에게 회사를 학교처럼 운영하자고 제안했다. 일터를 끊임없이 공부해야 하는 곳으로 여기는 그들은 디커맨, 바넘, 데이비스, 오로, 베롤차이머에게 고문을 맡겼다. 그렇게 데이비는 회사를 학교로 만든 후 전문가들을 초빙해 스탠딩 록 묘지의 젊은이들을 가르쳤다.

데이비는 나무의 각종 문제들을 해결하는 지혜가 있었고, 버사는 사람의 장점을 알아보는 안목이 있었다. 그런 두 사람이 서로 도와 나무를 돌보는 작은 회사를 도시 조경 사업에 없어서는 안 될 중요 기업으로 성장시킨 것이다.

18

시간이 증명할 거라는 믿음

데이비에게는 믿음이 있었다.
자신이 정직하고 아름다운 일에 몸담고 있는 이상
어려운 일이 생기면
아내가 자신과 함께 이겨 내 줄 거라는 믿음
그리고 회사가 훨씬 많은 돈을 벌게 되더라도
그로서 자신이 유명세를 얻는 것이 아니라
정직하고 아름다운 이 일이
사람들에게 더욱 널리 알려지길 원했다.

1883년 버사는 데이비를 설득해 함께 여행길에 올랐다. 일단 동부로 향한 그들은 여러 도시를 다니며 나무의 성장과 관리 상태를 관찰했다. 버사는 '나무 관리에 대한 수요는 숲속이 아니라 도시에 있다'고 생각했다.

데이비는 수많은 '나무 전문가'가 나무를 얼마나 소홀히 대하는지, 얼마나 많은 나무가 억울하게 잘려 나가는지를 보며 마음이 너무도 아팠다. 또한 여러 도시의 발전 과정 속에서 정부와 지역 주민들이 나무를 그저 건축 방해물 정도로만 여기는 모습도 수없이 보게 되었다. 그들은 방화도로(산불이 번지는 것을 막기 위해 고의적으로 만든 크고 작은 길-역자 주)를 만들면서 나무를 손쉽게 밀어 버리거나 전봇대 설치를 위해 전선이 지나는 길에 있는 나무의 가지들을 전부 잘라 버리거나 수로관과 가스관을 깔기 위해 나무를 뿌리째 뽑았다. 나무에 병충해라도 생기면 치료해보기도 전에 벌목부터 해 버렸고, 도로를 깔기 위해 파 놓은 땅 때문에 뿌리가 드러나 나무가 쓰러지기도 했다.

그렇게 잘려나간 수많은 나무는 대부분 목재시장에서 거래되는데, 잘린 나무가 많을수록 가격이 점점 내려갔다. 데이비는 이런 모습이 무척이나 개탄스러웠다. "한 나라의 아름다움은 그 나라가 얼마나 많은 숲을 가지고 있는지에 비례한다. 우리는 이 나라의 가장 아름다운 자원을 잃고 있는 것이다." 당시 미국은 유럽 최대 목재 수출국이었다. 데이비는 '인류가 나무를 사용할 줄만 알고 돌볼 줄은 모르는 것은 너무도 불합리하다'고 여겼다.

그는 도시 각지를 돌아보는 동안 이런 현상을 마주하는 것이 점점 힘들어졌다. 이에 대해 그는 다음과 같이 표현했다. "도시에 사는 대부분의 나무 수명은 대자연 속에서 자라는 나무 수명의 5분의 1에 불과하다. 도시에 심은 나무들 중 크게 성장하는 나무는 열 그루 중 한 그루도 채 되지 않는다. 나무 전문가들은 쉴 새 없이 새로운 나무로 바꿔 심거나 나무가 쓰러진 자리에 또다시 나무를 심어 병에 감염시킨다. 아, 도시의 나무 전문가들이 나무 관리법 하나 제대로 모르다니. 나는 사람들을 교육해야 한다는 책임감을 느꼈다. 그렇지 않으면 나무들이 계속해서 무지한 사람들 손에 죽어나갈 테니까."

그가 나무를 돌보는 회사를 만든 것은 당시 나무를 베어 낼 줄만 아는 나무 전문가들에게 선전포고를 한 것이나 마찬가지였다.

그는 이렇게 썼다. "나는 우리 회사가 성장해 언젠간 나무 전문가들이 나무를 무차별 살생하지 않는 날을 기대한다."

버사는 자신의 남편이 얼마나 나무를 사랑하는지 잘 알고 있었다. 데이비는 나무를 베어 버리려는 전문가들과 툭하면 시비가 붙었기 때문이다. 한 번은 데이비가 길을 가던 중 옳지 못한 방법으로 가지치기 하는 사람을 발견해 곧장 다가가 훈계를 한 적이 있다. 상대방은 데이비가 쓸데없는 참견을 한다 했고 곧 싸움이 났다. 버사는 얼른 남편의 손을 잡아끌어 그를 진정시켰다.

버사가 말했다. "나무를 사랑하는 사람들은 누군가 가지를 엉망으로 다듬거나 묘목을 똑바로 심지 않는 모습을 보면 마치 글씨를 삐뚤빼뚤 엉망으로 쓰는 학생을 본 선생님처럼 변해요. 하지만 그럴 때마다 학생을 야단치면 그 학생은 도망가 버릴 거예요. 선생님이 해야 할 일은 학생의 손을 잡고 정확하게 쓰는 법을 가르쳐 주고, 올바르게 앉는 자세를 알려 주는 거죠."

버사는 남편의 사업이 잘될 거라고 확신했다. 그녀는 언젠가 아이들에게 이렇게 말했다. "시간이 증명해 줄 거란다. 한때 멋대로 비판만 하던 사람들이 얼마나 어리석었는지를. 난 너희 아버지의 신념이 절대로 실패하지 않을 거라 믿는다. 그는 나무를 아끼고 사랑하는, 가장 훌륭한 나무 수호자가 될 거야."

19

도시를 아름답게 만드는 사람

당신이 돌보는 나무가 자라는 높이만큼
당신의 기술도 성장할 것입니다.

산업혁명 이후 사람들은 일자리를 찾아 도시로 끊임없이 몰려들었다. 이 때문에 도시가 과밀해지자 사람들은 공원과 같은 개방된 공간이 더 많이 필요했다. 그렇게 공원을 원하는 목소리들이 모여 형성된 커다란 세력 덕분에 전 세계 대도시에 '도시 공원'이 들어서기 시작했다. 이것이 전통적인 '정원'과 다른 점이라면 나무가 중요한 역할을 한다는 것이었다. 도시 공원에는 커다란 나무가 있었고, 이는 나무에 대한 도시 주민들의 생각에도 영향을 미쳤다. 사람들이 점점 나무를 중요하게 여기기 시작한 것이다. 그들은 도심 속 커다란 나무를 진보한 도시의 상징으로 삼았다.

미국 도시 공원의 발전은 4단계로 분류된다. 1단계는 1850년에 시작되는데, 공원이 도시 주변에 들어서면서 '도시 외곽 공원'이라고 불렸다. 2단계는 1857년부터 시작되어 공원이 도시의 중심에 위치해 '도시 중앙 공원'이라고 부르던 때이다.

이 시기에 조성된 공원들은 옴스테드(Frederick Olmsted, 1822-1903)에 의해 이루어졌다. 1854년, 그는 매사추세츠주 우스터(Worcester)시에 미국 최초의 도시 공원인 '엘름 파크(Elm Park, 26헥타르)'를 만들었다. 1857년에는 뉴욕의 '센트럴 파크(Central Park, 315헥타르)'를 만들었는데, 이는 지금도 미국 도시 공원 중 첫 번째로 꼽히는 곳이다. 이후 1871년에는 샌프란시스코의 '골든 게이트 공원(Golden Gate Park, 412헥타르)'을, 1873년에는 워싱턴 D.C.의 '미국 국회의사당 공원(United States Capitol Park, 1173헥타르)'을 만들었다.

옴스테드는 처음으로 나무를 도시 공원의 주인공으로 만들기 시작한 인물이다. 도시 공원에서 자라는 나무는 크고 높아야 하며,

그렇게 자란 나무는 '문화유산(Heritage tree)'이 되었다. 나무는 도시 환경을 증명하는 수단으로 그치지 않고, 제대로 보존하여 다음 세대에 물려줘야 할 대상으로 인식이 바뀌고 있었다. 나무의 지위가 크게 높아진 것이다. 도시 공원은 단순히 사람들에게 휴식을 제공하는 장소라는 개념을 넘어 '나무를 보존하는 공간'이 되었다. 도시 공원에서 나무가 생존해 나간다는 것은 곧 도시가 과도하게 인공화되어도 반드시 보존해야 할 대자연의 공간이 있다는 뜻이었다.

시대 변화에 따라 도시의 공원들은 그 도시 문화 수준을 측정하는 조건이 되었다. 도시 나무의 상태는 곧 인간과 자연의 상호 관계를 나타냈다. 나무가 공원에서 얼마나 잘 자라고 있는지는 곧 그 도시 사람들의 문화 수준을 알려 주는 지표였다. 도시에 숲이 있다는 것은 곧 그 도시 주민들이 양질의 생활을 누리고 있다는 상징적 의미였다. 이러한 변화 덕분에 나무 전문가들이 옛날처럼 나무를 멋대로 자르고 없애는 일은 더 이상 일어나지 않았다. 문화유산을 멋대로 베어 버리는 것을 찬성할 사람이 아무도 없었기 때문이다. 시민들의 인식은 바뀌어 갔지만, 나무들은 제대로 된 관리를 받지 못하고 있었다.

뉴욕 센트럴 파크가 생긴 후에도 그곳의 나무들은 좀처럼 건강하게 자라지 못했다. 강풍이 불면 나무는 속절없이 쓰러져 버렸다. 당시 뉴욕에 센트럴 파크의 나무를 어떻게 관리해야 하는지 아는 사람은 아무도 없었다. 결국 센트럴 파크에 쓰러지는 나무들은 점점 늘어만 갔다.

1883년, 당시 미국에서 가장 큰 도시였던 뉴욕은 전체 수입품의 70퍼센트를 담당하는 뉴욕항 덕분에 매우 부유했다. 뉴욕 시장 에드슨(Franklin Edson)은 외부에서 나무 전문가를 초빙해야 한다고 생각했다. 당시 뉴욕에는 앞으로 조성해야 할 공원이 다섯 곳이나 더 있었기 때문이다. 에드슨은 "만약 나무를 제대로 관리하지 못하면 도시 공원은 주민들의 안전을 위협하는 장소가 될 뿐입니다."라고 경고했다. 이에 뉴욕시는 시의회의 지지하에 매년 100만 달러를 들여 나무를 관리하기로 했다.

수많은 나무 전문가가 그 자리에 지원했지만 에드슨은 좀처럼 만족하지 못했다. 1884년 누군가 그에게 오하이오주에서 묘지 관리를 하는 데이비라는 인물이 나무를 매우 잘 돌본다는 말을 전했다. 묘지를 관리하던 관리인에게 뉴욕 센트럴 파크의 관리를 맡긴다는 것은 쉬운 결정은 아니었지만, 에드슨은 올바른 시정 관리를 위해 데이비에게 직접 서한을 보냈다.

1885년, 그렇게 데이비가 뉴욕에 오게 되었다. 데이비는 이 공원이 옴스테드의 작품이라는 것을 알고 있었기에 처음에는 에드슨 시장의 요청을 거절할 생각이었다. 옴스테드는 도시 공원의 권위자로 존경의 대상이었기 때문이다. 하지만 버사가 데이비에게 용기를 주었다. 그녀는 데이비의 능력이라면 뉴욕 센트럴 파크를 나무를 위한 최적의 장소로 변화시키고 미국 전역에 긍정적인 영향을 미칠 거라 믿었다.

그때부터 도시 공원의 발전은 3단계로 진입한다. 데이비가 1885년부터 제대로 돌본 덕분에 공원의 나무들은 '도시 숲'을 형성하게 되었다. 그리고 그곳은 많은 새와 곤충을 위한 좋은 서식지가 되었다. 그렇게 데이비는 공원을 '도시 생태가 가장 풍부한 곳'으로 만들었다. 1904년에는 맥파랜드(Horace McFarland)와 데이비가 합작하여 도시 공원을 예술 창작과 결합시키며 한 단계 더 발전시켰다.

뉴욕 센트럴 파크의 나무를 보호하라

어쩌다 나무를 사랑하게 되었는지 설명할 수는 없지만
다시 한번 직업을 선택할 수 있는 기회가 온다 해도
나는 여전히 나무 돌보는 일을 선택할 것이다.

1885년, 마침내 에드슨 시장과 데이비가 만나 이야기를 나누었다. 시장은 단번에 데이비가 뉴욕시의 공원을 책임질 수 있는 유일한 인물이라는 것을 알아보고, 입찰에 부칠 필요도 없이 매년 100만 달러의 예산을 그에게 맡겼다.

하지만 데이비는 곧장 승낙하지 않고, 우선 1년 동안 센트럴 파크 내 모든 나무의 성장 상태를 관찰하여 보고서를 작성했다. 1886

년 그는 마침내 뉴욕시의 각 정부 기관과 뉴욕시 거주민 대표에게 자신의 보고서를 발표했다. "센트럴 파크에 있는 나무들 중 4분의 1은 이미 죽어 있거나 죽어가는 상태입니다. 치료할 방법이 없으니 나무가 쓰러져 사람들의 안전을 위협하기 전에 베어 내야 합니다. 죽어가는 나무에는 병균이 있어 깨끗이 정리하지 않으면 다른 나무들에게 전염될 것입니다. 다른 4분의 1은 이미 병이 심각한 상태이니 우리가 적극적으로 살려야 합니다. 또 다른 4분의 1은 문제가 심각하지 않아 관리만 잘해 준다면 무리 없이 성장할 수 있습니다. 그리고 나머지 4분의 1의 나무만이 아무런 문제없이 건강한 상태입니다." 센트럴 파크의 나무 대부분에 문제가 있다는 소식에 온 도시가 떠들썩했다.

"죽어가는 나무들을 살릴 방법은 정말 없겠습니까?" 누군가의 질문에 데이비가 대답했다. "그렇습니다. 우리는 더 왕성하게 자랄 수 있는 나무들에게 더 많은 공간을 넘겨 줄 필요가 있어요. 그럼 몇 년 후쯤 이 공원에도 커다란 나무가 생길 것입니다."

뉴욕시는 곧바로 데이비의 회사와 향후 10년간 센트럴 파크를 관리하도록 계약을 맺었다. 10년의 노력 끝에 데이비는 중병이 든 나무들 중 90퍼센트를 되살리는 데 성공했다. 10년 후, 뉴욕시는 다음과 같은 이유로 계약을 10년 더 연장했다. '문화유산인 나무를 돌볼 수 있는 책임자의 경험, 기술, 연구 및 나무를 보호하는 방법 또한 문화유산이므로 이를 중단할 수 없다.' 이에 대해 데이비가 말했다. "나무 관리 기술이 발전하는 만큼 도시 숲과 살아가는 시민들의 삶도 달라진다."

데이비는 혼자 틀어박혀 일하는 사람이 아니었다. 그는 이 프로젝트를 위해 550명의 나무 관리 기술자들을 교육시켰다. 또한 공원 안의 고목들 중 100그루를 뽑아 목재 기념품을 만들었다. 이 기념품은 사람들이 앞다투어 사려는 통에 수량 부족으로 가격이 점점 오를 정도였다. 기념품 판매로 얻은 수익은 나무를 보살피는 데 쓰였다.

나무를 심기 전, 데이비는 센트럴 파크에 관심 있는 사람들과 만나는 자리를 마련해 공원 관리 계획을 설명했다. 당시 그 자리에는 수많은 사람이 참석했는데 훗날 그 사람들은 '자원봉사단체'를 만들어 데이비를 돕기도 했다. 데이비가 물었다. "센트럴 파크에는 어떤 나무가 있어야 할까요?" 사람들이 저마다 원하는 나무를 말했다. 어떤 사람은 그늘을 만들어 주는 나무를 원했고, 어떤 사람은 단풍이 아름다운 나무가 있었으면 좋겠다고 말했다. 또 꽃이 예쁘고, 나무 형태가 근사하며, 열매가 열리고, 찻잎을 딸 수 있는 나무를 원한다는 의견도 있었다. 데이비가 말했다. "도시 공원에 가장 필요한 나무는, 도시에서 튼튼하게 자랄 수 있는 나무입니다."

"튼튼한 나무란 어떤 나무죠?" 데이비의 말이 끝나기가 무섭게 질문 세례가 이어졌다. 데이비의 대답은 도시 공원 조성에 오랫동안 영향을 미쳤다. 그가 말했다. "튼튼한 나무란 나무 지름이 커서 강풍을 잘 견딜 수 있는 나무입니다. 또한 적합한 환경에서 지속적인 보살핌과 정확한 관리를 받으며 자라는 나무입니다. 적합한 성장 환경에 중요한 세 가지가 있는데 첫째도 토양, 둘째도 토양, 셋째도 토양입니다. 토양이 무엇보다 중요합니다. 지속적인 보살핌이란 매년 나무의 성장 상태를 정기적으로 검사하고, 적절한 가지치기를 해주는 것입니다. 마지막으로 나무 관리란 나무와 나무 사이에 적어도 3~4미터의 간격을 유지하고, 정확한 방법으로 심는 것을 말합니다. 나무는 충분한 공간이 확보되어야 잘 자랄 수 있습니다."

또한 데이비는 미국 농무부(United States Department of Agriculture, 약칭 USDA)에 30종의 생명력 강한 나무 종자를 제안하고, 서로 다른 기후 환경에 맞춰 이 30종 안에서 지역에 적합한 수종을 고를 것을 요청했다. 처음 심을 때부터 알맞은 나무를 선택하면 보호와 관찰이 수월해지기 때문이다.

데이비는 센트럴 파크를 관리하면서 토양 환경을 개선하는 데 가장 많은 시간을 들였다. 대부분의 나무가 배수가 좋지 않은 곳에서 자라고 있어서 배수와 토양을 개선하지 않으면 나무가 건강히 자랄 수 없기 때문이었다. 이렇듯 데이비가 진단한 문제들에 즉각적인 해결책이 마련되면서 뉴욕 센트럴 파크는 미국에서 가장 우수한 도시 공원이 되었다.

이 프로젝트를 실행하면서 데이비는 일약 유명 인사가 되었다. 수많은 매체에서 인터뷰를 요청했지만 그는 별 다른 관심이 없었다. 공원의 문제를 파악하고, 나무를 관리하고, 더 많은 직원들을 교육하며, 나무 관리에 대한 전면 계획을 세우는 데만 해도 많은 시간이 필요했기 때문이었다. 당시 그가 소화해야 하는 작업은 다음과 같았다.

1. 손상된 나무 정기 검사 및 쓰러진 나무에 대한 진단 보고서 작성
2. 고목 옮기기
3. 가지치기
4. 땅에 떨어진 오래된 가지와 썩은 잎 정리
5. 정확한 방법으로 새로운 나무 심기
6. 공원 건설물이 나무에 끼치는 영향 살피기
7. 공원 안 인도가 나무의 성장에 끼치는 영향 살피기
8. 배수로와 토양 정리
9. 태풍에 대비한 나무 보호
10. 미래 환경 변화가 나무에게 미치는 위험 요소 분석
11. 공원 나무 지도 제작
12. 나무 관리 일지 작성. 관리를 받는 모든 나무의 성장 상태 기록

1896년, 뉴욕시는 3억 5천여 그루에 달하는 나무 전체를 데이비에게 맡겼다. 계약이 성사되는 날, 수많은 매체의 보도가 쏟아졌다. 데이비가 말했다. "현재 우리가 돌보는 나무가 앞으로 우리의 도시를 돌보게 될 것입니다." 또한 그는 이렇게 덧붙였다. "도시의 이상적인 주거 환경이란 무엇일까요? 집 입구에 건강한 나무가 있는 것입니다."

21

나무를 돌보는 것이 '나무 의사'의 일

훌륭한 나무 의사가 되기 위해서는
연구, 또 연구… 평생 연구뿐이다.

1901년, 데이비는 수년간 쌓은 경험을 바탕으로 『*The Tree Doctor*』(나무 의사)라는 책을 출판한다. 그는 나무를 돌보는 사람들에게 처음으로 '나무 의사'라는 호칭을 붙였다. 이에 대해 그는 다음과 같이 썼다. "사람이 아프면 장의사가 아니라 의사를 찾아가듯이, 나무가 아프면 목공이 아니라 나무 의사를 찾아야 한다."

그는 저서에서 다음과 같이 말했다. "신이 인간에게 동물과 식물을 돌보라 하였으니, 그들의 수명이 줄어들거나 죽음 직전의 상태가 되는 것은 곧 인간의 직무 유기라 할 수 있다. 우리가 심은 나무는 생명만 겨우 유지하는 것이 아니라 반드시 '건강'해야 한다. 이는 건강한 아이가 웃을 수 있는 것과 같다. 만약 아이가 몸이나 마음이 건강하지 않다면 웃을 수 없고 그 원인을 찾아야 한다. 건강한 몸과 마음이 곧 신이 만든 섭리이며 우리는 그 아름다운 취지를 달성해야 할 것이다. 그리고 이것이 오랫동안 나무를 돌봐 온 나의 신념이다."

"나무도 생명이 있다. 나무를 돌보는 것은 곧 생명의 섭리를 따르는 것이다. 모든 섭리를 완전히 이해할 수는 없겠지만, 적어도 내가 알고 있는 것만큼은 소홀히 하지 않고 실천하려 한다. 나의 지식과 나무의 건강이 밀접하게 연관되어 있기 때문이다. 언제나 겸손한 자세로 배우고자 한다. 자칭 나무 전문가라고 하면서 사실은 나무의 존재 가치를 저평가하는 사람이 되고 싶지 않다. 안타깝게도 대다수의 사람은 나무를 제대로 이해하거나 알아보지 못한다. 나무가 크게 자라는 게 무조건 좋은 줄 알고 큰 나무에 생기는 위험성은 자세히 알지 못하는가 하면, 수형이 멋진 나무를 좋아하지만 사실 그 나무가 건강하지 못할 수도 있다는 걸 모르기 쉽다."

그때까지는 나무를 돌보는 일에 대한 책을 쓴 사람이 없었다. 데이비는 자신의 책에 이렇게 썼다. "당신이 만약 좋은 토양을 준비한다면, 토양은 당신을 실망시키지 않고 만족스러운 결과를 선사할 것이다. 썩은 나뭇가지와 낙엽이 가지는 영양분은 토양으로 돌아가 토양을 개선시키고 나무에게 가장 좋은 퇴비가 된다. 나무를 돌보는 사람은 나무와 나뭇가지, 낙엽 사이에 존재하는 대자연의 오묘한 균형을 이해하고 있어야 한다. 올해 땅에 뿌린 낙엽과 나뭇가지는 이듬해 새로 자라는 나뭇잎의 2분의 1 또는 3분의 1에 이르기까지 영양분을 공급해 준다."

"나무 의사는 사람들에게 주목받는 직업은 아니다. 오히려 사람들의 눈에 띄지 않는 곳에서 묵묵히 일한다. 나무 의사는 오로지 나무의 건강과 수명에 대해서만 고민한다. 사람들의 눈에 보이지 않는 문제를 고민하려면 사람들의 눈에 띄지 않는 곳에서 일해야 한다. 진짜 문제는 늘 눈에 보이지 않는다. 나무의 문제도 항상 가장 사소한 잔뿌리에서 시작되어 곁뿌리, 큰 뿌리 등 점점 넓게 영향을 미친다. 그러다가 결국 나뭇잎이 누렇게 마르고 가지가 떨어지는 것이다."

"도시 공원의 나무를 관리하는 것은 일종의 예술이라 할 수 있다. 우리의 잘못 속에서 정확성을 바로잡는 일이자, 과오를 반복하지 않고 앞으로 나아가길 포기하지 않는 일이다. 고개를 들어 나뭇잎을 바라보거나 낙엽 하나가 손 위로 내려앉을 때, 그 잎의 기묘한 구조를 관찰하고 있노라면 나는 자연의 신비함을 느끼지 않을 수 없다."

22

괴짜 중의 괴짜

데이비는 뉴욕 센트럴 파크 나무 관리 프로젝트 이후
미국 정부의 주목을 받는다.
각 주는 앞다투어 사람을 보내
데이비에게 주의 공원 관리를 부탁했다.
이에 데이비는 각 주에 회사의 분점을 냈지만
처음에는 수많은 좌절이 있었다.

맥파랜드(Horace McFarland, 1859-1948)는 미국에서 매우 영향력 있는 건축업자로 '건축계의 괴짜'라고 불린 인물이다. 그는 건축의 아름다움은 도시의 아름다움을 추구하는 것에 있다고 생각했다. 그래서 그는 건축물을 설계하며 나무와 꽃을 염두에 두었다. 또한

'조경 역시 부동산의 일부'라는 생각으로 건축비에 조경 비용을 포함시켰다.

1902년 그는 데이비가 쓴 글을 읽게 되었다. "나무 의사는 정부의 경직된 제도 앞에서는 할 수 있는 일이 아무것도 없다. 내가 도시 공원의 나무 관리 예산을 언급할 때 가장 많이 듣는 대답은 예산이 이미 여기에 얼마, 저기에 얼마 분배되어 있어 나무 관리에는 아주 조금밖에 쓸 수 없다는 말이다. 예산에 관한 조례를 개정하고 자연에 대한 담당자들의 소양을 높이지 않으면 아무리 좋은 나무 관리 기술이 있다 해도 소용없을 것이다."

맥파랜드는 자신이 데이비를 도와 이런 문제를 해결할 수 있으리라 생각했다. 그는 데이비에게 다음과 같은 말을 전했다. "공원의 존재 목적은 나무들을 잘 자라게 하는 것이지 지역 주민들에게 아첨하는 것이 아닙니다. 주민들의 요구를 모두 받아 주는 것은 도시 공원을 망가뜨리는 일입니다. 또한 도시 공원이 정치적 목적으로 이용되어서도 안 됩니다. 그렇지 않으면 아무리 훌륭한 나무 전문가가 와도 나무를 제대로 키울 수 없을 것입니다."

맥파랜드는 미국시민협회(American Civic Association)를 결성한 후 대표직을 맡고, 식견이 있는 시민들이 시정 계획과 공원 관리에 참여하는 일을 추진했다. 덕분에 시민들은 자연에 대한 식견을 넓히고 사심 없이 도시의 미래를 바라볼 수 있게 되었다.

도시 공원은 이미 단순한 쉼터의 개념을 넘어, 도시를 더욱 아름답게 하고 시민들이 도시 환경을 개선할 수 있도록 힘을 모으는 곳이 되었다. 이러한 '도시미화운동(City Beautiful Movement)'에서 맥파랜드는 대표직을 맡고 데이비가 고문을 맡았다.

맥파랜드는 '도시 계획에는 반드시 주민들이 참여하여 함께 진행해야 한다. 앞으로 도시 공원 보호는 정부 주도 하에서만 이루어지는 것이 아니라 시민들이 참여할 수 있는 공적 사무이다'와 같은 안건을 발의했다. 또한 그는 '도시 공원 친목회' 결성을 추진했는데, 훗날 '공원 혁명(The Reform Park)'이라 불린 이 활동은 다양한 민간 활동 및 교육, 공원 안내, 예술 창작 등을 공원과 결합시켰다.

데이비가 다음 세대에 끼친 영향은 나무 관리 기술뿐만이 아니었다. 그는 돈과 힘을 가진 사람들이 자연을 사랑하고 보호하는 정책에 적극 참여하도록 노력을 기울였다.

23

나무를 사랑하는 발명가를 만나다

데이비의 회사 경영 방식은 무척이나 흥미로웠다.

매년 회사의 이윤을 모든 직원과 나누는 것이다.

미국 최초로 이윤을 다 함께 나눠 갖는 회사였다.

데이비는 이렇게 썼다.

"회사 안에서 우리는 모두 친구다.

모두 나무를 아끼고 사랑하니까.

회사 안에서 우리는 모두 사장이다.

모두 힘을 합쳐 나무를 돌보니까."

'코닥(Kodak Company)'의 설립자이자 발명가인 이스트먼(George Eastman, 1854-1932)은 1905년 데이비의 저서를 읽고 대단히 극찬하며 데이비의 집에 방문한 후로 둘은 친구가 되었다.

데이비가 말했다. "집(home)과 지옥(hell)은 완전히 상반되는 의미를 가지고 있다. 하지만 누군가에게는 집이 세상에서 가장 지옥 같은 곳이기도 하다. 지옥 같은 집은 수백만 명의 아이들을 미래의 악마로 키운다. 우리는 그들을 위해 좋은 환경을 만들고 그들에게 모범을 보이는 올바른 어른이 되어야 한다. 가난한 이들이 사는 지역에 나무와 화초를 심고 아름다운 환경을 만들면 그들도 아름다운 공간에서는 집이 천국 같을 수 있다는 사실을 알게 될 것이다."

이스트먼은 데이비에게 전국에서 가장 지저분한 곳을 개선하는 일을 의뢰했다. 이 소식을 처음 전해들은 빈민층 주민들은 반발했다. 자신들이 사는 곳에 나무를 심느니 차라리 돈으로 달라고 말이다. 하지만 이스트먼은 아무런 반응도 보이지 않았다. 일단 그는 뉴욕시 '메디슨 스퀘어 공원'과 '유니온 스퀘어'의 환경 관리 프로젝트를 맡았다. 그리고 데이비에게 나무를 심고 돌보는 일을 부탁했다. 1년 후 그는 이곳을 대대적으로 사람들에게 공개해 나무가 잘 자라면 환경이 얼마나 나아질 수 있는지 알렸다. 같은 해 이스트먼은 '슬럼가 촬영 대회'를 열고 이 대회에서 수상한 곳들 중 주거 환경이 열악한 곳부터 데이비의 관리하에 나무와 화초를 심도록 지원했다. 물론 모든 비용은 이스트먼이 지불했다. 이 행사로 빈민구역의 환경이 대대적으로 개선되었다.

데이비는 전국에서 가장 지저분한 곳에 가서 나무를 심었을 뿐 아니라 그곳에 사는 가난한 이들에게 나무를 어떻게 관리하면 좋을지 가르쳐 주었다. 이에 대해 그는 이렇게 썼다. "나무가 강풍에 쓰러지지 않으려면 나무의 뿌리가 깊이 뻗어야 한다. 만약 뿌리가 지표면 얕은 곳에 있으면 그 수가 아무리 많아도 바람을 이길 수 없다. 깊이 뿌리내린 나무만이 올바르게 설 수 있는 것이다." 수많은 빈민가 사람이 그의 회사에서 나무 심기와 관리 방법을 배웠다. 그는 프로젝트가 하나 끝날 때마다 지점을 내어 그 지역의 배우고자 하는 가난한 이들에게 넘겨주고, 지속해서 나무 관리를 책임지게 했다.

이 일이 '석유의 왕' 록펠러(John Rockefeller, 1839-1937)의 이목을 끌었다. 그는 당시 세계에서 가장 부유한 인물이었다. 1906년, 록펠러는 데이비에게 언덕에 위치한 뉴욕 저택의 조경을 부탁했다. 해풍의 영향을 강하게 받는 지역이라 그는 일본 대나무와 프랑스 귤나무, 중동 야자수, 호주 유칼립투스 등 수많은 나무를 심어 봤지만 모두 살아남지 못했다고 했다.

현장에 도착한 데이비는 나무의 상태를 말하기에 앞서 록펠러에게 이렇게 질문했다. "대부호의 집과 정원은 화려해야 할까요, 단순해야 할까요?" 록펠러는 잠시 생각 후 대답했다. "단순해야죠. 그런데 단순하다는 게 뭐죠?" 데이비가 말했다. "단순하다는 건, 건물과 정원이 주변의 자연과 가장 많이 연결되어 있는 것입니다. 환경과 어울리지 않는 식물들이 아니라요." 이에 록펠러가 다시 물었다. "어떻게 하면 사람들에게 '세계적인 부호가 실은 단순한 사람'이라는 걸 알릴 수 있을까요?" 데이비가 말했다. "커다란 나무에 등불을 달고 도시 한가운데 놓아보세요. 밤새 꺼지지 않는 그 등불을 오가는 사람들이 무료로 구경할 수 있도록 말이에요. 나의 부유함을 타인을 위해 쓰세요. 나무를 도시의 빛으로 만드세요."

록펠러는 데이비의 조언대로 뉴욕에 거대한 크리스마스 트리를 기부했다. 반짝이는 등불로 장식한 그 나무는 도시의 기쁨을 상징하게 되었다. 또한 이것은 큰 나무를 도시 조명과 결합시키는 일의 시작이었다. 이후 그는 데이비에게 자신의 정유 공장에 나무를 심어 줄 것을 부탁했는데, 이 역시 좋은 기회가 되어 삭막한 공업 단지를 공원처럼 푸르게 꾸미는 조경 사업의 시대가 열렸다.

록펠러가 보기에 데이비의 회사는 업무량과 직원 수에 비해 회사의 이익이 터무니없이 적었다. 돈을 잘 못 벌기도 했지만 벌 생각도 없어 보일 정도였다. 그는 데이비에게 사장직에서 사퇴할 것을 권유했다. "당신의 경험을 바탕으로 사람을 가르치고 나무 관리 기술을 연마하는 데 최선을 다하세요. 더 많은 우수한 인재들을 육성하는 것이 회사 사장 자리보다 더 중요하니까요."

데이비는 1909년 2월 4일, 회사의 경영권을 자신의 아들인 마틴 데이비(Martin Davey, 1884-1946)에게 넘기고, 자신은 조경 관리 연구와 인재 육성에 집중하기로 한다. 데이비는 늘 사람들에게 이렇게 말했다. "옳은 일을 하세요. 아니면 아무것도 하지 마세요." 이 말은 지금까지도 회사의 슬로건이자 나무 의사들의 작업 원칙이다.

24

결승점은 높은 곳에 있다

데이비의 나무 관리 기술은 사람들의 두터운 신임을 받았다.
왜냐하면 관리의 기준이 매우 높아서
그에게 의뢰하는 것이 가장 안전했기 때문이다.
그는 나무 한 그루의 문제를 해결할 때
즉각적인 효과를 기대하기보다 몇 년이고 시간을 들였다.
심지어 자신의 무지를 인정하며 임무를 끝내지 못하는 경우도 있었다.
하지만 자신의 부족함을 알고 있는 사람이기에
오히려 더 마음이 놓였다.
그가 나무를 바라보는 눈빛에는 깊은 사랑과 더불어
자신의 한계를 인정하는 겸손함이 담겨 있었다.
그래서 그에게 의뢰하는 일은 믿을 수 있었다.

나무의 문제점 앞에서 그는 전투적인 의지를 가지고 임했으며
다른 사람에게 협조를 구하는 일도 서슴지 않았다.
그래서 그에게 의뢰하는 일은 걱정을 덜 수 있었다.
그는 확실하게 실행할 수 있는 방법을 알고 있었으며,
끊임없이 새로운 기술을 개발했다.
그래서 그에게 의뢰하는 일은 목적을 달성할 수 있었다.
때론 그에게 너무 고지식하다고,
교양이 없고 가방끈이 짧다고 손가락질하는 사람도 있었지만
그는 단 한 번도 대응하지 않았다.
그저 언제나처럼 나무 꼭대기에 올랐을 뿐이다.
그는 알고 있었다.
결승점은 높은 곳에 있으니
낮은 곳에 있는 사람들과 함께 설 필요가 없다는 사실을.
시간을 절약하는 가장 좋은 방법은 자신의 일에만 집중하며
다른 사람들과 논쟁하지 않는 거란 사실을.

1909년에 데이비는 어느새 미국에서 나무를 가장 잘 돌보는 사람이 되어 있었다. 미국 국회에서도 데이비에게 국회 산장 공원의

나무 관리를 맡길 정도였다. 공원에는 100종이 넘는 나무가 있었는데, 그것은 미국 각 주를 대표하는 나무로 저마다 역사적 의미가 있었다. 또한 나무 한 그루 한 그루가 각 주를 대표하여 미국 연방제에 대한 지지의 의미를 담고 있어, 어느 한 그루도 쓰러져선 안 되는 것이었다. 그럼에도 잘못 심어져 쓰러진 나무가 너무 많았다.

데이비는 국회 산장에서 이 나무들을 직접 본 후 의뢰를 거절했다. 그의 회사는 짧은 시간에 직원이 2천 명 이상 늘어난 탓에 그들을 교육하는 데만 해도 시간이 부족해서 이런 큰 프로젝트는 책임지기 어려웠기 때문이다.

미국 국회는 의뢰가 불발되자 데이비에게 '소집 명령'을 내렸으나 그는 이마저도 거부했다. 그곳에 있는 수많은 나무를 전부 제자리를 찾아 옮겨 심기 위해서는 지식과 경험, 기술뿐만 아니라 중장비의 도움이 필요했다. 하지만 당시는 큰 나무를 옮겨 심을 때 필요한 장비 설비가 전무한 시기로, 만약 무턱대고 일을 맡았다가는 실패할 것이 분명해 보였다. 그러나 버사는 데이비에게 이 일을 맡으라고 권했다. "세계 각국의 대표들이 회의를 하러 모이는 곳이에요. 당신이 이곳의 나무를 성공적으로 관리하는 모습을 각국의 수장이 본다면, 자신의 나라로 돌아가서 전문적인 나무 관리에 대해 대대적으로 알릴 거예요."

데이비가 말했다. "너무 많은 나무가 잘못된 장소에 심어져 있어요. 그 나무들을 더 좋은 곳으로 옮겨 심어야 하는데, 그렇게 큰 나무를 옮길 수 있는 장비가 없어요." 버사가 조금도 주저하지 않고 대답했다. "국회 산장의 나무 관리 프로젝트를 책임지는 조건으로 국회에 '한도 없는 예산'을 요청하고, 큰 나무를 옮겨 심는 기술 및 설비를 개발하면 되잖아요." 도대체 그런 게 어디 있단 말인가? 그러나 생각지도 못한 일이 벌어졌다. 당시 미국 대통령이었던 태프트(William Taft, 1857-1930)가 특령을 내려 이 안건을 통과시킨 것이다. 이는 미국 역사상 유일한 '한도 없는 예산안'이다.

훗날 기자들이 태프트 대통령에게 물었다. "왜 한도 없는 예산안을 허가하신 거죠?" 태프트가 대답했다. "그의 인격을 믿기 때문입니다." 데이비는 이렇게 받은 예산으로 큰 나무를 옮겨 심기 위한 기술을 개발했다. 이에 대해 데이비는 다음과 같이 썼다. "큰 나무를 옮길 때 가장 흔히 저지르는 실수는 '서두르는 것'이다. 생각보다 많은 장소가 큰 나무를 옮겨 심기에 적합하지 않다. 큰 나무를 옮겨 심는 일이 아예 불가능한 것은 아니지만, 어떤 곳은 큰 나무가 자라기 적합하지 않아 이미 있던 나무도 성장 후에는 반드시 옮겨야 한다. 그렇지 않으면 토양이 나무의 무게를 견디지 못하고 압박을 받아 점점 굳어지기 때문에 큰 나무의 뿌리가 뻗어 나가기 힘들어진다. 큰 나무를 옮겨 심을 때 가장 중요한 점은 '실뿌리'가 살아남을 수 있는가 하는 것이다."

"큰 나무를 옮겨 심는 건 매우 힘든 일이다. 상당히 높은 비용이 필요해서 심지어 예산을 초과하기도 한다. 만약 충분한 기술과 비용, 관련 지식이 뒷받침되지 않는다면 옮기지 않는 것이 차라리 나을 수도 있다. 최악의 경우 옮겨 심은 나무들이 죽어 가는 모습을 그저 지켜 볼 수밖에 없을지도 모른다. 나무를 옮겨 심을 때 실뿌리가 죽게 되면 옮겨 심은 후의 나무는 수분과 영양분을 흡수하지 못한다. 이 실뿌리는 대부분 나무뿌리 중 가장 바깥쪽에 있으며 현미경으로 관찰해야 겨우 보일 정도로 가늘다. 따라서 나무를 옮겨 심을 때는 이 실뿌리를 위해 반드시 나무 주변의 토양을 커다란 공모양으로 함께 판 후 흙이 떨어지지 않게 단단히 묶어서 옮겨야 한다. 또한 옮기는 과정에서도 반드시 흙의 습도를 유지시켜 실뿌리가 죽지 않게 해야 한다."

"이것은 매우 큰 규모의 작업이므로 반드시 전문 장비의 도움이 필요하다. 만약 어떤 나무의 흉고직경(사람의 가슴 높이인 1.2~1.3미터에서 잰 나무의 지름-역자 주)이 180센티미터라고 한다면 나무의 실뿌리가 분포된 범위는 최소한 240센티미터이다. 그렇다면 나무를 살리기 위해 그 주변으로 지름 480센티미터의 토양을 함께 옮겨야 한다. 이러한 경우 땅에 지름 540센티미터 정도의 구덩이를 파야 나무를 옮기기 편하다. 또한 구덩이의 깊이는 최소한 90센티미터여야 한다. 이렇게 해야만 약 90퍼센트의 실뿌리를 옮길 수 있고, 그래야 나무가 살 수 있는 것이다."

나무 한 그루를 옮기는 데 이렇게나 많은 흙을 파야 한다니. 비용을 감안하여 타협할 수는 없는 걸까?

데이비가 고수하는 이 수치는 그가 오랫동안 현장에서 직접 경험하고 관찰하며 분석한 결과였다. 그가 말했다. "나무 옮기기에는 정해진 공식이 없다. 왜냐하면 나무마다 자라는 성향이 서로 달라서 옮기는 방식도 현장 판단을 따르기 때문이다. 어떤 사람은 내게 기본 절차를 먼저 알려 달라고 하지만 난 알려 주지 않는다. 기본 절차를 알면 현장에서의 판단 능력이 떨어진다. 나무는 꾸준한 관찰과 경험, 연구가 필요한 것이기 때문에 배우면서 일하고 일하면서 배워야 한다. 한 분야를 제대로 하기 위해 가장 중요한 것은 기술이 아니라 사명감이다."

1915년, 마침내 데이비는 큰 나무를 운반하는 기기를 제작하고 거기에 나무의 잔뿌리를 살리는 방법을 더해 미국 국회 산장의 나무들을 보호하는 데 성공했다. 이로써 그는 전 세계의 모범이 되었다.

25

꿈을 불태운 일생

능력이 있는 사람은 자신이 늙는다는 사실을 느끼지 못한다.

도전을 좋아하는 사람은 그만둔다는 것을 모른다.

공부하는 사람은 모든 문제에 답이 있다고 믿는다.

어느 날, 밖에서 일하고 돌아온 데이비에게

버사는 이제 그만 쉬라고 말했다.

데이비가 말했다. "괜찮아요."

하지만 버사는 물러서지 않았다. "안 괜찮아요."

데이비가 물었다. "왜 그렇게 생각해요?"

버사가 말했다. "당신은 꿈을 위해 스스로를

끊임없이 불태우면서도 알아채지 못하고 있는 것뿐이에요."

데이비가 다시 물었다. "내 꿈이 너무 비현실적인가요?"

버사가 대답했다. "도시와 나무를 함께 성장시키는 일에는 시간이 필요한 법이죠."

데이비는 나무를 돌보는 일이라면 무엇이든 기꺼이 감당했다. 1910년에 태프트 대통령이 다시 그를 불러 워싱턴(George Washington, 1732-1799)가의 마운트버넌(Mount Vernon)의 관리를 맡겼다.

마운트버넌은 워싱턴가의 저택으로 면적이 202헥타르에 달했다. 나무를 사랑하는 워싱턴가 사람들은 이곳에 수많은 나무를 심어 놓았는데, 이 나무들은 곧 나라의 역사적 지표였다. 하지만 미국 연방정부는 이 나무를 관리할 방법이 없었다. 결국 20세기 초에는 대다수의 나무들이 위태롭게 쓰러졌다.

많은 사람이 워싱턴이 6세 때 앵두나무를 베어 버렸다는 이야기를 들어본 적 있을 것이다. 사실 이는 워싱턴이 세상을 떠난 후 10여 년이 흐른 뒤에야 전해진 일화이기에 사실 여부를 확인하기 어렵다. 워싱턴은 정원 경관을 무척이나 중요하게 생각해서 "나무를 지혜롭게 관리하려면 가급적 자연의 원래 모습에 가깝게 두는 것이 좋다."라는 글을 남기기도 했다. 이토록 나무를 중요하게 여기는 사람이 함부로 앵두나무를 베어 버렸다는 것은 어쩌면 다른 나무를 위한 선택이었을지도 모른다.

워싱턴은 22세 때부터 집 근처에 백양나무, 쥐엄나무, 사사프라스, 단풍나무, 산수유나무, 종려나무 등을 심기 시작했다고 한다. 또한 이 모든 나무의 위치와 종류를 상세히 기록으로 남겨 후대에 누군가가 쉽게 옮길 수 없도록 하였다. 워싱턴이 18세기에 심은 나무는 20세기까지 살아남았는데, 데이비는 이렇게 100년 넘는 나무를 돌보는 것이 얼마나 어려운지 잘 알고 있었다. 게다가 함부로 나무를 옮길 수도 없었는데, 자칫 잘못하면 사람들에게 '역사를 망쳐 놓았다'고 비난받기 십상이기 때문이었다. 하지만 거절할 방법은 없었다. 결국 그는 이 중차대한 임무를 받아들였다.

데이비가 말했다. "정원에 있는 오래된 나무들의 위치를 그대로 두고 그 나무들을 관리하는 것은 상당히 어려운 일이다. 나는 제일 먼저 나무의 뿌리부터 보호해야 했다." 그는 우선 지형을 측량하고 지표면의 높이에 따라 돌로 축대를 쌓아 토양을 안정시켰다. 다음으로 축대 밑에 배수관을 깔고 토양 아래에 고인 물을 빼냈다. 그 후 '나무 성장 부위' 위치를 높여 햇빛이 지면까지 많이 닿도록 만들어 곰팡이의 번식을 억제했다.

데이비가 오래된 나무를 돌볼 때는 한 가지 규칙이 있었다. 그것은 언제나 5~7명의 작업자가 하나의 팀을 이루는 것이었다. 오래된 나무는 갑자기 쓰러져 버리는 경우가 있어 일할 때 각별히 조심해야 한다. 그래서 팀원 중 경력이 가장 오래된 사람이 지상에 남아 작업이 끝날 때까지 자리를 뜨지 않고 전체를 관찰하면서 팀원들의 안전을 책임진다. 또한 데이비는 모든 나무에 번호를 매기고 작업 계획을 세웠다. 그런 다음 전담 책임자가 지속해서 관리하게 했다.

마운트버넌의 오래된 나무들은 금세 개선되었지만, 태풍이 불어닥치자 쓰러지는 나무도 있었다. 이에 데이비는 매우 자책하며 '공기압 분사기' 제작을 제안했다. 고압력의 공기를 이용해 오래된 나무 밑 토양을 부드럽게 하고 배수를 원활히 하여 공기가 잘 통하면 나무의 뿌리가 호흡하는 데 도움이 될 것이라고 생각한 것이다.

그러나 데이비는 공기압 분사기 제작에 수없이 실패했다. 그때 도움을 준 것이 데이비의 막내아들 폴 데이비(Paul Davey)이다. 발명가인 그는 전 세계 최초로 '공기압 분사기'를 제작했다.

이후 공기압 분사기는 전 세계적으로 오래된 나무를 구하는 데 가장 널리 쓰이는 공구가 되었다. 1916년에 데이비는 아들이 성공하는 모습을 보고 나서야 마음을 놓을 수 있었다.

26

세계 최초의 나무를 돌보는 학교

데이비의 회사에서 교육받은 사람들은 모두 최선을 다했다.
졸업 후, 각 지역으로 흩어져 자신의 몫을 해 내기 위함이었다.

데이비는 '나무 의사'를 양성하기 위해 자신도 공부를 쉬지 않고 나무 관리에 대한 연구를 끊임없이 이어나갔다. 그는 이렇게 썼다. "기술의 깊이가 깊어질수록 나무 의사라는 직업의 기반도 단단해진다." 그는 나무 의사 분야를 전문 영역으로 발전시키기 위해 회사에서 양성한 나무 의사들을 '상업 수목재배' 업종에서 일하게 했다. 또한 여러 대학교와 협업하여 지속적으로 연구 개발에 힘썼다. 이에 대해 그는 다음과 같이 썼다. "나무를 돌보는 기술은 반드시 농업학, 토양학, 원예학, 기후학, 식물병충해학 등의 여러 지식을 필요로 한다." 그러던 중 데이비는 매사추세츠 주립대학(University of Massachusetts) 식물학과의 스톤(George Stone, 1950-1941) 교수가 나무 관리에 관심이 많다는 정보를 듣게 되었다.

스톤은 식물병충해학 교수로, 학교에서 '수목재배와 공원 관리학' 수업을 가르치고 있었다. 그는 과학의 새로운 지식이 하나의 업종으로 자리 잡기 위해서는 학문과 상업성이 결합되어야 한다고 생각했다. 데이비는 매사추세츠 주립대학으로 스톤 교수를 찾아가 나무 의사 양성 교육을 담당해 줄 것을 부탁했다.

1906년, 마침내 데이비는 세계 최초 나무 의사 학교인 '데이비 실용 삼림 학교(Davey School of Practical Forestry)'를 세웠다. 결론적으로 학교는 '나무를 돌보고 사람들을 위해 일할 젊은이들이 공부하는 곳'이었다.

첫 해 개학하자마자 학생이 450명 모였다. 데이비와 스톤은 함께 『*Arborist News Magazine*』(수목 재배 뉴스 매거진)을 발행하여 수목 재배에 관한 새로운 소식들을 전했다. 또한 전국의 나무를 사랑하는 사람들과 연계해 각지에 있는 나무들의 문제점과 해결책을 제공하기도 했다. 데이비가 이런 말을 한 적이 있다. "유명세나 이익을 바라지 않는다. 나무 보호에 대한 생각을 널리 정착시킬 수 있다면 그걸로 충분하다."

1909년에 데이비는 학교명을 '데이비 나무 과학 연구소(Davey Institute of Tree Science)'로 바꾸고 '데이비 나무 전문가 회사(Davey Tree Expert Company)'를 설립했다. 회사가 곧 학교이고, 학교가 곧 회사가 되도록 만든 것이다. 그는 이렇게 썼다. "100년 동안 사업을 이어나가기 위해서는 투자를 지속해야 한다. 당장 이득이 되지 않는다고 쉽게 포기해서는 안 된다. 사업을 잘하는 사람이 되기 위해서는 주위의 평판이 좋아야 한다. 하고자 하는 일과 실제로 하는 일이 서로 달라서는 안 된다." 그는 이후로도 코넬대학교, 오하이오주립대학교와 함께 연구를 지속했다.

또한 그는 회사의 이윤을 시골 학교 교육을 위해 기부했다. 훌륭한 나무 의사 중 많은 수가 빈곤층 출신이었다. 그들은 비록 좋은 교육 배경을 가지지 못했지만 누구보다 열정이 있었다. 데이비는 종종 시골 학교를 방문해 학생들을 격려하고 자신의 회사에서 실습할 수 있는 기회를 주었다. 또한 그들이 배운 지식이 고향에 환원될 수 있도록 지원했다. 그가 학생들에게 요구한 건 올바른 인품과 끊임없는 학구열, '나무는 우리의 형제'라는 마음가짐이 전부였다.

데이비는 "우리 회사는 모두 한 가족이다."라고 말할 정도로 직원들을 무척이나 아꼈다. 1909년부터 1914년까지 회사는 이윤이 없었다. 1915년이 되어서야 조금씩 흑자가 되었고 1920년, 회사가 마침내 큰 수익을 올렸다. 나무 돌보기도 돈을 벌 수 있는 업종이라는 사실을 증명해 낸 순간이었다.

사람들은 데이비의 제자들을 '데이비 갱(Davey Gang)'이라 불렀다. 그들은 모두 데이비처럼 어딜 가도 믿고 나무를 맡길 수 있는 사람들이 되었다. 의뢰받은 일이 아니어도 나무에 문제가 발생하면 자신의 일처럼 발 벗고 나섰다. 그들은 대부분 체격은 크지 않았지만 강한 체력과 뛰어난 업무 능력을 가지고 있었다. 작업에 들어가기 전 깊이 생각하고, 작업할 때는 열정과 집중력을 쏟았으며, 긍정적인 성격으로 우리 주변이 더욱 아름다워지길 기대하는 사람들이었다.

당시 일부 사회 개혁 인사들이 사회적 문제를 부자들의 탓으로 돌리거나 정치적 불공평함 때문이라고 주장했다. 이러한 사회 분위기 속에서도 데이비는 회사 직원들이 묵묵히 할 일을 하면서 환경을 개선해 나가도록 독려했고 사람이나 제도에 대한 비판을 작업 성과로 대신했다. 데이비가 말했다. "나태한 사람들은 비판을 좋아하고, 말 한마디면 고철 덩어리를 쇠그릇으로 만들 수 있다고 생각한다. 하지만 앉아서 말만 하기 전에 언제나 일어나 움직여야 한다." 또한 그는 학생들을 격려하며 이렇게 말했다. "모든 나무는 책과 같이 생각하고 자세히 읽어야 한다."

27

데이비의 전투 캠핑

나는 당신들에게 기본적인 이론과 장비를 알려 줄 뿐입니다.
사회에 나간 후에는 모두 선원이 되어
각종 풍파를 스스로 헤쳐 나가야 합니다.
미래의 직업이 될 이 기회를 소중히 여기면 좋겠습니다.
풍랑에 흔들리는 갑판 위 물건처럼
회사에 출근하여 자신을 가만히 내버려두지 마세요.
그런 배움의 자세로는 결국 아무것도 얻을 수 없습니다.

데이비는 직원들에게 매우 친절했지만 교육에 있어서는 혹독하게 가르쳤다. 신입사원들은 반드시 온갖 중장비를 짊어지고 오하이오주의 추운 겨울날 나무를 올라야 했다. 3년 안에 이러한 훈련을 4개월 이상 받고 통과해야만 정식 채용이 되는 것이다. 또한 채용 후에도 매년 4주간의 훈련을 받아야 했다. 강한 체력과 정신력이 뒷받침되지 않으면 사고가 발생할 수 있기 때문이다.

데이비는 제자들에게 "나무보다 강한 신체, 강철과 같은 의지를 가져야 이 일을 감당할 수 있다."라고 요구했다. 제자들은 나무를 오르는 동시에 나무의 문제를 관찰해야 했다. 그가 말했다. "우리 회사에서 채용할 인재는 나무를 잘 타는 원숭이가 아니라 나무에 올라 문제를 이해할 줄 아는 사람이다." 그리고 제자들에게 다음과 같이 경고했다. "만약 당신이나 동료가 나무에서 떨어져 죽거나 장비를 잘못 다뤄 사고가 난다면 나무를 돌보려는 꿈은 거기서 끝나는 것이다." 이는 곧 스스로를 지키는 것이 나무를 돕는 가장 좋은 방법이라는 뜻이다. 나무를 돌보는 일은 그만큼 엄숙한 일이었다.

데이비는 언제나 직접 시범을 보였다. 그는 나무를 오르기 전 제자들에게 반드시 나무의 이름을 말했다. 데이비가 말했다. "날 찾아와 나무의 문제를 해결해 달라고 하는 사람들이 나무의 이름조차 모른다면, 그게 누구라도 난 가지 않는다. 적어도 나무의 이름은 알고 있어야 나무에 진정으로 관심이 있다는 뜻이기 때문이다. 또한 나무 의사는 먼저 나무의 이름을 알면 출발 전에 문제의 범위를 상당히 좁힐 수 있다."

데이비는 제자들을 가르칠 때 나무 표피의 무늬를 보고 어디에 문제가 있는지 판단하라고 말한다. 나뭇잎의 색깔을 통해 정상인지 판단하고, 나무 줄기를 두드려 메아리를 들어 보라고 한다. 데이비가 말했다. "건강한 나무 줄기에서 야구방망이로 야구공을 칠 때와 같은 맑은 소리가 난다. 낮은 메아리가 들린다는 것은 줄기에 흠집이나 균열이 있다는 의미이다." 그 외에도 데이비는 제자들에게 나무에서 관찰된 모든 곤충과 세균, 기생식물 등을 기록하고 위치를 보고하도록 했다.

제자들은 나무에서 내려온 후에도 바로 쉬지 못하고 곧이어 땅을 기어 다니며 토양의 냄새를 맡았다. 데이비가 말했다. "나무 아래에서 부패한 냄새가 난다면 뿌리 부분에 이미 곰팡이가 생겼다는 의미이다. 그러므로 이 곰팡이가 더 번식하기 전에 문제를 찾아내야 한다. 그 전에 일단 냄새를 맡아 본 후, 소독을 하거나 뿌리를 잘라낼 수 있다."

초기 훈련은 늘 스탠딩 록 공원묘지에서 진행되었다. 이곳에서 훈련하는 동안 집중력이 잠시라도 떨어지면 나무에서 떨어지기 쉬웠다. 그래서 그들 사이에 '떨어지면 바로 묘지'라는 우스갯소리가 있을 정도였다. 그들은 한겨울의 강풍이 몰아치는 와중에도 밧줄에 의지해 나무에 올랐다. 데이비는 그런 그들을 격려해 주었다. "나무에 오르면서 얼마나 높이 올라왔는지 확인하지 말라. 정신을 차리고 냉정해야 한다."

등교 시간은 새벽 5시였다. 심지어 여름에는 4시에 시작되었다. 이에 대해 데이비는 다음과 같이 설명했다. "나무 의사가 되고 싶은 사람은 반드시 근면 성실해야 한다. 새벽에 일찍 일어나서 2시간 반 동안 야외 수업을 마치고, 등이 땀으로 흠뻑 젖고 얼굴이 빨갛게 달아오르는 기분이 얼마나 상쾌한가. 그 후 아침 식사를 하면 그 어떤 음식도 맛있게 먹을 수 있다."

제자들은 이를 '데이비의 전투 캠핑'이라고 불렀다. 데이비가 그들에게 말했다. "훈련을 받고 또 받는 것이 당신 평생의 직업 경쟁력이 될 것이다." 온 지 얼마 안 된 제자가 물었다. "왜 이렇게 힘들게 공부해야 하는 거죠?" 데이비가 직접적으로 대답했다. "이것은 기회입니다. 잡을 수 있을지 없을지는 당신에게 달렸습니다."

오전 수업이 끝나면 오후에는 야외에 나가 작업을 하는데, 한 제자가 데이비에게 물었다. "나무를 돌보는 데 이렇게나 많은 수업이 왜 필요한가요?" 데이비가 말했다. "두뇌는 빈 통조림 깡통과 같습니다. 빈 깡통에 썩은 물건만 넣어두면 시간이 지나도 썩은 통조림이죠. 그래서 빈 깡통에는 좋은 물건을 집어넣어야 합니다. 그것이 두뇌를 사용하는 가장 좋은 방법입니다."

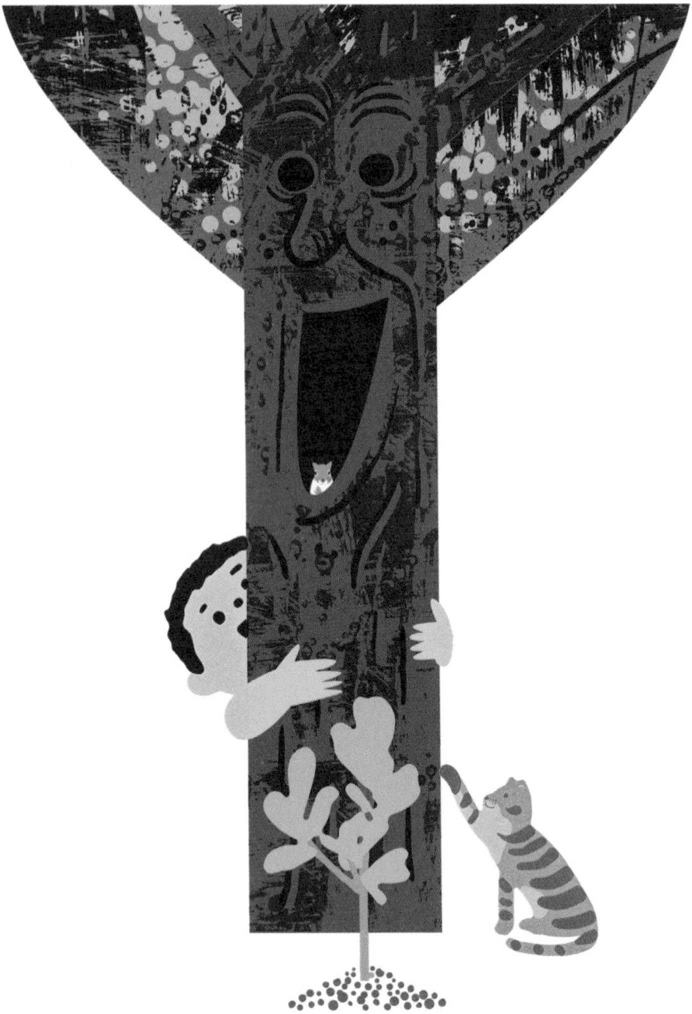

28

아이들의 나무 심기

데이비의 아이들은 6세 때 정원 정리를 시작했다.

7세 때는 다른 사람의 정원을 돌봐 줄 수 있었다.

그는 아이들에게 스스로 돈을 벌어

초등학교, 중고등학교, 대학교의 학비를 충당하라고 가르쳤다.

데이비는 이렇게 말했다.

"너희가 평생 말이 아니라 행동으로 성과를 냈으면 한다. 사람들에게 공부와 일의 가치를 보여주는 삶을 살아라."

1917년, 데이비는 국가 조림 사업의 연사로 활약하면서, 보여 주기 식으로 미디어 앞에서 몇 그루의 나무를 심는 것이 아니라, 전국의 아이들에게 '일어나라, 매년 한 그루의 나무를 심자'는 뜻을

전하고자 했다. 데이비는 이렇게 생각했다. "나무의 씨앗을 먼저 아이들의 마음속에 심어야만 훗날 숲을 보호할 수 있다. 오늘날 올바른 방법으로 씨를 뿌려야 다음 세대도 올바르게 공감하고 인식할 수 있는 것이다." 1911년에 데이비 나무 전문가 회사는 이미 미국의 31개 주 및 캐나다에 지사를 설립한 상태였는데, 데이비는 각 지사의 경영을 직원에게 넘기고 각지를 순회하며 사람들에게 나무 심기의 중요성을 널리 알렸다.

데이비가 말했다. "도시의 아이들에게 나무를 보여 주는 것은 자연에 대해 가르치는 가장 효과적이고 저렴한 방법이다." 그는 또 이렇게 말했다. "나무 공부는 씨앗부터 시작한다." "나무의 특징은 이파리에 있다." 그는 아이들이 '나무의 뿌리, 줄기의 무늬, 표피의 균열, 나무 옮겨심기' 등에 관심을 가지길 바랐다. 그래서 공원의 나무를 심은 둑 아래 깊이 1~2미터에 달하는 유리로 된 관찰 상자를 만들고, 이를 '뿌리찰관(Rhizotron)'이라 불렀다. 아이들은 이 상자 안에 들어가 나무뿌리의 세계와 뿌리털의 분포를 관찰할 수 있었다. 데이비는 아이들에게 이렇게 가르쳤다. "나무의 아름다움은 가지와 이파리, 꽃뿐만 아니라 뿌리에도 있다. "우리는 나무의 아름다움을 외형에서 찾으려고 하지만, 겉으로 드러난 모습은 쉽게 변한다. 반면 토양 아래 뿌리에는 상상 이상의 아름다움이 있다. 드러난 아름다움과 숨겨진 아름다움이 조화를 이룰 때 비로소 나무는 진정으로 아름다워진다."

또한 그는 도시 공원의 나무들에 관해 연간 보고서를 작성하고 이 자료들을 계승하도록 했다. 이에 대해 그는 이렇게 썼다. "자료의 계승은 나무의 연륜과 같다. 자료가 많을수록 그 사이의 변화를 정확히 알아볼 수 있다."

데이비와 버사는 아이를 여덟 명 두었다. 1880년에 태어난 벨은 식물 사진 찍기를 좋아해 훗날 자연 사진작가가 되었다. 1882년 태어난 웰링턴은 가르치는 일을 좋아해 켄트 초등학교의 선생님이 되었다. 1884년에 태어난 마틴 데이비는 아버지의 일을 이어받아 회사의 대표가 되었다. 그 후로 세 명의 아이가 더 태어났지만 모두 유아기를 넘기지 못하고 세상을 떠났다.

1890년 태어난 제임스는 어릴 때부터 불치병을 앓았다. 아이가 다섯 살 때, 의사는 데이비와 버사에게 제임스가 오늘 밤을 넘기지 못할 거라고 말했다. 데이비가 제임스를 품에 안고 눈물을 보이자 제임스가 말했다. "노래를 불러 주세요." 데이비는 노래를 불렀고, 제임스는 그 후로 6년을 더 살았다. 이 일은 이 부부가 훗날 더 많은 아이를 돌보는 계기가 되었다. 1894년에 이들은 폴을 낳았다. 나무와 기계를 좋아하던 폴은 나무 돌보기와 관련된 기계와 장비들을 연구 및 개발하여 이후 회사의 연구 개발팀을 담당하게 되었다.

29

나는 나무의 숨겨진 아름다움을 보았다

1891년, 데이비는 아이들이 안전하게 놀 수 있는 공간을 만들기 위해 지역사회에 '작은 공원' 건립을 추진했다.

데이비는 부자들을 설득해 그들이 가지고 있는 넓은 정원에 장기간 큰 나무를 가꿀 수 있게 하였다. 크고 아름다운 나무가 있으면 주변 주거 환경이 개선될 뿐만 아니라 토지의 가치를 높이기도 한다.

데이비가 부자들에게 말했다. "숫자로 보이는 재산은 모두 한계가 있는 부유함입니다. 그러나 다른 사람들에게 아름다운 환경을 제공해 주고 그들로부터 기쁨을 얻는 것은 측정할 수 없는 충만

함입니다." 데이비는 종종 정원의 나무들이 잘 자라게 하기 위해 12미터 깊이의 구덩이를 파고 그곳에 트럭 몇 대 분량의 퇴비를 쏟아 넣은 후 다시 흙을 덮었다. 누군가 그에게 물었다. "구덩이를 왜 그렇게 깊이 파나요?" 데이비의 설명은 이러했다. "대부분의 나무는 원뿌리의 80퍼센트가 지표면에서 60센티미터 이내에 있고, 곁뿌리의 99퍼센트는 지표면에서 100센티미터 이내에 있습니다. 하지만 이런 큰 나무의 잔뿌리는 깊이 20미터까지도 뿌리를 내려 그곳에서 스스로 양분과 영양분을 흡수합니다. 그래서 바람의 흔들림이나 가뭄을 견딜 수 있는 것입니다." 그러면서 그는 부자들에게 다음과 같이 충고했다. "부유함이란 표면에 드러나 사람들에게만 보이는 모습이 아니라 토양 깊은 곳에 존재하는 비옥함과 같은 것입니다. 비옥한 토양만이 나무를 깊이 뿌리내릴 수 있게 하지요." 그리고 이 말도 덧붙였다. "큰 나무 아래서 차를 마시고, 휴식을 취하고, 책을 읽는 것은 아름다운 경험입니다. 또한 이곳에서 사람들과 이야기를 나누면 그것만큼 기분 좋은 일이 없을 것입니다."

나무가 사람에게 주는 이로움에 대해 데이비는 이렇게 말했다.

"만약 당신이 정원에 몇 그루의 나무를 심는다면, 앞으로 정원에 들어설 때마다 그 정취를 느낄 수 있고, 힘든 일이 있을 때 위로가 되어 줄 것이다. 언제나 자연의 소식을 소리 없이 전하는 나무와 꽃은 사람들에게 신성한 아름다움을 제공한다. 나무가 사람들에게 보여 주는 아름다움은 남녀노소 모두를 위한 것이다."

데이비가 말했다. "나무를 가꾸는 일은 타인의 신뢰를 얻어야 하는 일이다. 그러기 위해서는 자신의 손으로 직접 작업하는 것은 물론 믿음직한 작업자들을 곁에 둬야 한다. 그들은 때론 과학자보다 믿음직하고 연구자들보다 뛰어나다. 가지고 있는 몇몇 기술을 반복하는 것이 아니라 기술, 재료, 장비를 끊임없이 개선하고 있기 때문이다."

"우리는 실수 속에서도 끊임 없이 행동함으로써 발전한다. 기술을 개선하여 모두가 효과적으로 사용할 수 있게 하고, 좋은 재료를 충분히 확보하여, 설비를 더욱 쉽고 안전하게 조작할 수 있도록 개선한다. 우리는 건강한 나무를 널리 알리는 사람들이자 병든 나무를 치료하는 의사이며 멸종 위기의 나무를 지키는 파수꾼이다. 우리는 회사 운영과 더불어 기술을 발전시키고 지식을 널리 알리는 일에도 노력하고 있다. 열심히 공부하는 전문가가 많을수록 지구의 나무들은 더욱 건강해질 것이다."

데이비는 비행 청소년들을 대거 채용하여 나무 심는 일을 가르치며 그들을 교화하는 일에도 힘썼다. "나무 심기는 흡연보다 더 건강한 일이고, 나무 나르기도 폭력보다 더 탐험적인 일이다. 또한 나무 돌보기는 사람을 더 용감하게 만든다." 한 청소년이 데이비에게 물었다. "나무를 돌보기 위해 나무 위에 올라가는 것은 너무 위험한 일 아닌가요?" 데이비가 말했다. "삶에서 지혜는 종종 위험과 연결되어 있단다. 이것만 기억하렴. 네가 나무를 건강하게 가꾼다는 것은 네 스스로를 건강하게 가꾸어 나간다는 의미이기도 하단다."

30

회사는 곧 가족

1912년 라디오가 출시되었고
1920년에는 매일 라디오 방송을 들을 수 있게 되었다.
같은 해 12월 미국 최초의 클래식 음악 네트워크 방송이 시작되었다.
그리고 데이비의 후원으로 시각장애인들을 위한 서비스가 제공되었다.

1914년, 제1차 세계대전이 발발하여 데이비 회사의 수많은 직원이 전장으로 나가게 되었다. 이에 데이비는 회사 정문에 세계 지도를 붙여 놓고, 참전한 모든 직원의 위치를 표시해 두었다. 그리고 모든 참전 직원에게 직접 편지를 보내 그들을 격려하고 그들이 무사히 돌아오길 기도했다.

전쟁이 끝난 후, 거의 모든 직원이 회사로 돌아왔다. 데이비는 미혼인 직원들이 빨리 결혼할 수 있도록 장려하거나 아직 여자친구가 없는 이들에게는 소개를 주선하기도 했다. 데이비는 지친 몸과 마음을 재충전할 가정이 있어야, 위험한 업무들을 안전하게 수행할 수 있다고 생각했던 것이다.

1918년 제1차 세계대전 종전 후의 유럽에는 온통 부상 입은 사람들로 가득했다. 데이비는 직원을 파견해 전쟁으로 폐허가 된 곳에 나무를 심고 본래의 자연을 회복시켰다. 그는 나무들이 자라 평화의 상징이 되어 주기를 기대했다. 전쟁 기간에 사용된 독가스 때문에 150만 명이 넘는 군인이 시력을 잃고 정신적으로 상당한 상해를 입었다. 미국은 400만 명의 병력을 전장에 파병했는데, 그중 11만 명이 사망하고 수십만 명이 부상을 입었다. 부상을 입은 군인들 중 많은 수가 시력을 잃어서 국가는 이들을 교육하고 사회로 복귀할 수 있도록 도왔다. 하지만 정부 차원에서 모든 병사들을 도울 수 없었기 때문에 사회 곳곳에 지원을 요청했다.

1920년에 데이비는 이를 기꺼이 받아들이고 선생님을 초빙해

이들에게 점자를 교육하는 한편 또 다른 일도 추진했다. 바로 나무와 꽃 등으로 그들의 마음를 치유하고자 한 것이다. 그의 뜻은 다음과 같았다. "대자연의 정원을 시각장애인들과 함께 걷는다. 나무의 성장 위치, 주변 자갈의 크기, 정원 주변 난간의 높이, 돌길의 촉감 등이 시각장애인들의 기억을 재건하는 데 도움이 된다. 그들이 자신의 머릿속에서 지도를 완성하면, 혼자 걷기를 시작으로 점점 독립생활에 대한 자신감을 키울 수 있을 것이다."

1921년에 데이비가 때때로 가슴이 답답함을 토로하자, 버사가 그에게 말했다. "당신도 이제 나이가 들었으니 그렇게 바쁘게 일하지 말아요. 몸도 안좋은데 일도 줄이고요." 이에 데이비가 말했다. "나무 돌보는 일이 나에게는 쉬는 일이에요."

JOHN DAVEY
JUNE 6. 1846
NOV. 8. 1923
FATHER OF TREE

31

나무는 나의 형제

겨울이 되면 이파리 한 장도 남지 않은 채 벌거벗지만
나무는 여전히 아름답다.
이는 나무의 잔해도 아니요, 나무의 마지막 탈피도 아니다.
봄날의 생기를 기다리는 모습이리라.

데이비는 평생 나무를 사랑하고 보호했다. 그의 회사도 날로 발전해 수익도 점점 늘어 갔다. 이에 그는 새로운 서비스를 제공하기 시작했다. "당신 정원의 나무에 문제가 있으면, 우리에게 연락해 주세요. 우리가 당신의 나무를 돌봐 드릴게요. 공짜냐고요? 나무를 돌볼 기회를 주신 것에 대한 감사의 의미로, 당신에게 우리가 100달러를 드리겠습니다."

데이비는 언제나 나무에게 최선을 다한 사람이었다. 1923년 11월 8일 아침, 나무를 살펴 보러 나간 그는 심장 발작으로 나무 아래에서 쓰러지고 말았다. 데이비는 이제 직접 나무를 돌볼 수 없게 되었지만 그래도 안심할 수 있었다. 나무를 돌보고자 하는 수많은 젊은이가 그의 정신을 이어받아 각자의 자리에서 나무를 돌보고 있기 때문이다. 데이비는 사망 후 그가 가장 좋아하던 스탠딩록 공원묘지에 안장되었다.

1924년, 세계 각지에서 모인 나무 전문가 네 명이 미국 코네티컷주에서 회의를 열고, 나무 돌보기에 대한 기술, 연구 및 교육에 대해 토론했다. 그들은 '국제수목관리학회(The International Society of Arboriculture, 약칭 ISA)'를 결성하고 데이비에게 영광을 바쳤다. 그가 최초의 '나무 의사'이자, 나무 보호에 대한 중요성을 널리 알리기 시작한 인물이기 때문이다.

'국제수목관리학회'에는 각국의 나무를 아끼고 사랑하는 전문가들의 가입이 끊임없이 이어져 도시 나무 보호 법안 제정, 공원 및 가로수 관리에 지역 주민 참여 도모 등에 지속적으로 영향력을 발휘하고 있다. 가지치기를 하기 위해서는 반드시 수목 관리 전문가 자격증을 취득하게 하고, 나무를 사랑하고 보호하는 지식을 더 많은 사람들에게 널리 전하고 있다.

노년의 어느 날 데이비는 이렇게 말했다. "나무를 돌보는 사람은 평생 공부해야 나무를 이해할 수 있다. 가지치기 기계가 있다거나, 지식과 경험이 제법 쌓였다고 하여 공부를 멈추는 그 순간 나무를 돌보는 일은 눈사태 맞은 듯 무너져 다시 되돌리기 어려울 것이다. 나무를 돌보는 사람의 일생이란 겸손한 자세로 신중히 나무를 이해해 나가는 과정 그 자체이다."

후기

과거에는 나무 돌보기를 전문 영역이라 생각하지 못하고, 나무를 돌보기 위해 무언가를 배워야 한다는 것을 몰랐기 때문에, 잘 자라지 못하는 나무는 곧장 베어 버리기 일쑤였다.

데이비는 나무에 대한 세상의 인식을 개선하여 나무를 아끼고 사랑하는 것에 대해 널리 알렸다. 그가 제시한 나무 돌보기의 기술은 다음과 같다.

1. 나무에 병이 났을 때 원인을 진단하는 기술
2. 나무에 생긴 흠집이나 균열을 보수하고 부러진 나뭇가지들을 정리하고 보호하는 기술
3. 나무뿌리에 병이 났을 때 미세 주사를 놓는 기술
4. 나무가 기울어졌을 때 똑바로 세우는 기술
5. 건강한 묘목을 선별하는 기술
6. 나무뿌리의 토양(또는 '기반')을 정리하는 기술
7. 나무 가지치기 기술
8. 나무에 물과 퇴비를 주는 기술
9. 나무를 옮겨 심는 기술
10. 나무 재배 기술
11. 해당 지형이나 환경에 어울리도록 나무를 정리하는 기술
12. 나무를 잔디나 꽃밭과 조화롭게 가꾸는 기술

데이비는 이렇게 설명했다. "나무 돌보기는 나무를 키워서 사용하는 것뿐만 아니라 건강하게 돌보는 것 그 자체이다. 나무 전문가가 아니더라도 나무를 진심으로 아끼고 사랑하는 누구나 나무를 건강하게 가꿀 수 있다. 나무를 돌보는 일은 나무의 겉모습을 꾸미

거나 나무를 베어 사용하는 것보다 더욱 중요한 일이다."

그리고 그는 덧붙였다. "나무를 보호하는 것은 '사랑'을 지키는 것이다. 우리가 한 그루의 나무를 지키면, 더 많은 생명들이 더불어 살 수 있고, 그 나무 아래서 사람들이 대화를 나눌 수 있고, 우리 주변이 아름다워지고, 우리 자손도 그 나무와 함께 살아갈 수 있다. 즉 나무를 보호하는 일은 모두와 함께 살아가는 것이고 사랑을 배우고 경험하는 것이다."

오늘날 우리는 데이비를 '나무 의사의 아버지'라 부른다. 그에게는 "우리는 새로운 기술을 통해 새로운 문제를 해결하고, 끊임없이 변하는 세상 속에서 필요한 가치를 지켜야 한다."는 강한 믿음이 있었다. 지금 이 순간에도 많은 이들이 그 믿음을 지켜 나가고 있다.

참고문헌

1. Abbott, R.E., 1977. Commercial Arboricultural Practices in North America. Journal of Arboriculture. Vol.3. No.8. pp.141-145.
2. Kuser, J.E.,2000. Handbook of Urban and Community Forestry in the Northeast. Springer Science & Business Media. U.S.A.
3. Davey, J., 1907. The Tree Doctor: The Care of Trees and Plants. The Saalfield publishing co. U.S.A.
4. The Davey, Tree Expert. Co., 1927. Saving the Starving Tree of Central Park, New York. The Rotarian. Vol.6. PP.66.
5. Tine, W. V. and M. Pierce. (Edited). Builders of Ohio: A Biographical History. The Ohio State University Press. U.S.A.
6. Ellett, C. W. 1969. A History of the Department of Plant Pathology. The Ohio State University. U.S.A.
7. Jonnes, J. 2006. Urban Forests: A Natural History of Trees and People in the American Cityscape. Penguin Books. U.S.A.
8. Davey, M. L., 1940. Personalities in Industry. Scientific American. Vol.163. No.6. PP.309.
9. Rockwell, F.F., 1917. Around the Year in the Garden. Applewood Books. U.S.A.
10. Linnea, A., 2010. Keepers of the Trees. Skyhorse Publishing. U.S.A.

존 데이비(John Davey, 1846~1923)

1846년 영국 서머셋 스톨리에서 태어나 어릴 적부터 농장일과 나무 돌보기를 배우고 에든버러와 런던의 왕립 식물원에서 수목학을 공부했다. 1872년 미국 뉴욕으로 이주한 후 오하이오주 워렌에서 조경 사업을 시작하면서 나무 관리에 관한 월간 뉴스레터를 발행하여 풍부한 자료들을 널리 나누었다. 1906년 세계 최초로 세운 나무 의사 학교 '데이비 실용 삼림 학교'는 '데이비 나무 과학 연구소'로 이름을 바꾸었다가 '데이비 나무 전문가 회사'로 이어져 현재 7천여 명의 직원이 근무하고 있다. 켄트의 스탠딩 록 공원묘지를 미국에서 가장 아름다운 묘지로 가꾸어 묘지에 대한 인식을 바꾸었으며, 뉴욕 센트럴 파크 나무 관리 프로젝트로 주목 받은 후, 미국 역사상 유일한 '한도 없는 예산안'을 집행하여 국회 산장 공원을 책임지기도 했다. 록펠러, 에디슨, 워싱턴가(家) 등 그에게 작업을 의뢰했던 고객들이 찬사를 아끼지 않았던 이야기들도 유명하다. 그의 저서 『나무 의사(The Tree Doctor)』와 여러 특허들은 오늘날의 나무 의사들에게도 큰 영향을 끼치고 있다.